Ercole Luigi Morselli

Storie da ridere... e da piangere

L'OSTERIA DEGLI SCAMPOLI.

Dove può rifugiarsi la felicità!...

Eppure ho veduto poca gente più felice di quella.

Me li ricordo bene, in quel torrido febbraio bonaerense, dalla mattina alla sera sotto una gran tenda bianca a righe rosse, attorno a quattro tavole cariche di bicchieri, fuori di quella piccola ma celebre *Osteria degli Scampoli*, che poi finì bruciata con tutta l'isola di casupole di legno sgangherate, nel gran rogo d'un enorme deposito di catrame vicino, a specchio dell'acqua grassa e filigginosa del porto. Non erano uomini: erano resti d'uomini. Poco o molto della loro carne era già sotterra, ma glie n'era rimasta tanta da poter mangiare, bere, digerire, ridere e bestemmiare: scampati miracolosamente alle carezze dei magli, dei repulsori, degli ingranaggi, delle ruote, delle locomotive, affettati nei più strani e crudeli modi, ma liberati anche per sempre dalla pesante croce del lavoro e dei doveri sociali, vegetavano allegramente lì su quelle panche, appuntellati con le loro gruccie, agitando i loro moncherini, veri scampoli della grande merceria umana, come li aveva battezzati l'oste filosofo. Quest'oste era un marchigiano, calafato un tempo, che aveva avute spezzate le due braccia da un argano, a Cape-Town. La Castle-Line glie le aveva pagate in contanti sterline, in ragione di cento l'una, e lui aveva súbito venduto i ferri del suo vecchio mestiere e s'era imbarcato nel primo piroscafo per Buenos Aires, col gruzzolo, la poca roba, e una certa sua pallottola di moglie che vedeva il mondo non già roseo bensì addirittura rubicondo come la sua propria faccia; e rideva anche dormendo.

Ma anche la ossuta e adusta faccia di lui riluceva lasciando la terra d'Africa, poichè il sogno di tutta la sua vita di emigrante era raggiunto; poteva finalmente aprire un'osteria alla Boca di Buenos Aires, dove aveva fatto la fame per due lunghi anni. N'era partito disperato e ora ci ritornava capitalista. Senza braccia, sì: ma a che servono le braccia a un capitalista! Per contare i quattrini gli sarebbero bastati gli occhi; per farli cadere dentro il cassetto del suo banco da oste gli sarebbero bastati i suoi complessivi quaranta centimetri di moncherini che gli sbucavano dalle maniche rimboccate della sua giacchetta, simiglianti con la loro cucitura fresca a due germanici salami d'oca. Del resto egli si sarebbe serbato la parte direttiva dell'impresa; due bei bracciotti grassi e robusti al servizio del suo cervello di aspirante milionario, li avrebbe sempre avuti: erano quelli della sua ridente pallottola che egli soleva chiamare inglesemente *Bullet* e amava ora come non aveva amato mai.

Poichè quella sciagura delle braccia doveva aver anche richiamato sulla singolare coppia una nuova luna di miele, anzi addirittura un plenilunio di miele.

Un ebreo polacco commerciante di oggetti di gomma e schiave bianche, il quale s'era trovato a fare il viaggio da Cape-Town a Buenos Aires sullo stesso vapore, mi raccontava che era stato commosso fino alle lacrime da questo idillio di nuovo genere, durato ventiquattro giorni ininterrotti. Fosse la compassione materna per quel povero diavolo che aveva ormai bisogno di essere vestito e imboccato come un bambino d'un anno, fosse l'aspetto nuovo e quasi favoloso che davano a suo marito quelle duecento sterline cucite intorno alla pancia in una ventriera di tela da barche; certo è che *Bullet* non aveva distolto un solo istante gli occhi amorosi dal suo Otello. Otello, così si chiamava lui, stava tutto il giorno sul castello di prua, comodamente disteso sopra una seggiola pieghevole che *Bullet* aveva voluto comprargli con i suoi segreti risparmi di pettinatrice: mangiava, beveva, fumava la pipa, costruiva il suo avvenire guardando fisso nel mezzo delle nuvole, passava beatamente dal monologo al sonno, sicuro che la sua *Bullet* non lasciava il suo posto di guardia seduta sopra una gomena, davanti alla sua preziosa pancia cinta della loro fortuna.

Per imboccarlo, *Bullet* veniva a sedersi ridendo sulle sue ginocchia, soffiava sulla minestra, l'assaggiava prima di dargliela, come una buona mamma, gli mondava le banane, gli vuotava in corpo numerosi bicchieri di vino. Finito di mangiare parlavano e ridevano un buon poco, rimanendo così, lei seduta sulle ginocchia di lui; parlavano del loro avvenire che egli costruiva anno su anno, con un progressivo sfoggio di fantasia milionaria, che dava le vertigini alla ridente pallottola di ciccia. Quando Otello s'era esaurito, puntava contro la sua *Bullet* i suoi due moncherini, ed essa ci si buttava in mezzo ridendo e baciandolo sul viso. Allora, sottovoce, per non essere udito, egli le diceva: - Tiemmi di conto, sai, *Bullet*, perchè il tesoro vero non è quello che ci ho intorno alla pancia, è quello che ci ho nel cervello! Vedrai! tra dieci anni, duecento sterline te le voglio mettere all'orecchio a te! - E *Bullet* stralunava gli occhi dal gran gusto.

Una volta il mio ebreo polacco colse, non visto, quest'altro brano di idillio.

Bullet, carezzando la testa e il collo bruno del suo Otello, gli sussurrava dolcemente: - Ti ricordi quando mi dicevi: «Se tu mi tradissi, io farei come quell'altro Otello, ti strozzerei!». E adesso, sentiamo un po', se ti tradissi, che cosa mi faresti? - E qui una gran risata.

Dal modo come Otello aveva guardato la sua cicciuta Desdemona, si capiva bene che da tempo immemorabile non aveva pensato ad una simile possibilità, tuttavia bestemmiò torvamente per dare una intonazione terribile alla sua prossima risposta; e finalmente disse: - Adesso ti mangerei tutta, come un lupo.

- Ah! sempre lui, il mio Otellino! - aveva strillato la donna, - quanto mi piaci! - E gli aveva appicccicato due improvvisi baci sugli occhi ancora minacciosi, sì che lui aveva dovuto chiuderli e ridere.

Così erano arrivati a Buenos Aires. E prima ancora che egli avesse trovato quella tale osteria da rilevare, che facesse al caso suo, gli s'eran messi d'intorno, per naturale gravitazione, cinque o sei storpiati, come lui, non dalla natura, ma dalle più svariate applicazioni meccaniche del genio umano. Questi erano tutti pensionati delle ferrovie, delle compagnie di navigazione, delle assicurazioni, delle società di mutuo soccorso; e così non avevano preoccupazione maggiore di quella del buon vino, e gli promisero di strascinarsi dietro tutti gli storpi della capitale, purchè il vino fosse sincero e l'osteria fosse in qualche modo intitolata a loro.

Per incominciare, l'affare fu giudicato ottimo dall'oculato Otello, e in una notte di veglia febbrile il nome lo trovò: *Osteria degli Scampoli*. Questa mite ironia senza rimpianto fu approvata alla unanimità: si giudicò incapace di turbare l'allegria e la sete degli avventori, e nel medesimo tempo capace di molto richiamo.

Quando io la vidi per la prima e per l'ultima volta, in quel lontano febbraio, l'*Osteria degli Scampoli* aveva sei mesi di vita ed era nel suo più bel rigoglio. Dalle otto della mattina alle due della notte la instancabile *Bullet* ruzzolava dentro e fuori, da una tavola all'altra, pronta a ogni chiamata, con gli occhi e il sorriso sempre dovunque, aiutata appena da un garzoncino di dieci anni, azzoppato, in verità, per il vizio che aveva di stuzzicare la coda dei cavalli del porto, ma reclutato con entusiasmo, come ultima pennellata al suo capolavoro, dal nostro Otello; il quale troneggiava seduto dietro il banco con la sua pipa in bocca per tutte le diciotto ore che la sua osteria stava aperta. S'era sbiancato, ora, in faccia, e s'era ingrassato a vista d'occhio. Una volta che *Bullet* gli disse: - Eri più bello prima! - Otello rispose gravemente: - Ogni stato sociale ha la sua estetica, mia cara! Da calafato ero bello perchè somigliavo a un'ascia; ma il capitalista, per esser bello deve assomigliare a un salvadanaio.

Non si muoveva mai dal suo banco, come ho detto, ma soltanto, ogni sabato, andava a depositare al «Banco Español del Rio de la Plata» gli introiti della settimana. Ci andava solo, perchè teneva straordinariamente a bastare a sè stesso in tutto ciò che era amministrazione della sua azienda. A tale scopo aveva imparato a conteggiare e a firmare tenendo la penna con la bocca. *Bullet*, alle undici precise di ogni sabato mattina gli spegneva la pipa, gli metteva il denaro contato nella tasca interna del panciotto, ben incartato in un pezzo di giornale, gli riabbottonava panciotto e giacca, ed egli usciva per fare sempre a piedi il lunghissimo tragitto che lo divideva dalla famosa *esquina* delle Banche. Un'ora di andata penosa e circospetta. Un'ora di ritorno tutta fischiettata e cantarellata.

L'aveva sempre passata liscia: non gli era mai toccato nessun incontro; ma in ogni caso, da che aveva perduto le braccia, da buon filosofo che egli era, aveva riposto una fiducia illimitata nella potenza delle sue gambe, e soleva dire: - Io non ho paura: con un calcio ne stendo in terra quattro!

Il sabato, dunque, dalle undici fin verso le due, *Bullet* rimaneva sola a reggere le sorti dell'azienda, come le diceva Otello prima di uscire agitando paternamente il moncherino. Secondo le prescrizioni, non avrebbe dovuto abbandonare, *per nessuna ragione al mondo*, il banco, lasciando sbrigare tutto il servizio dal ragazzino zoppo. Ma, aimè! la buona pallottola non comprendeva questi alti precetti: resisteva forse una mezzoretta rigirandosi sulla sedia maritale, come se ci avesse avuto sotto le spine, ma poi, agli insistenti richiami di quei suoi allegri avventori, ruzzolava giù dal suo trono e ricominciava a ballonzolare tra le tavole come al solito, fermandosi ora qua ora là, a chiacchierare e a ridere. Ruzzolava più presto se la chiamava Peppino, e le fermate che faceva alla tavola dov'era lui erano le più lunghe; ma questo non faceva meraviglia a nessuno, perchè Peppino era l'anima, il dio tutelare di quell'osteria.

Arrivava la mattina verso le dieci sopra una comoda poltrona triciclo messa in moto dalle sue braccia, sempre ben vestito, benissimo pettinato, coi baffi irreprensibilmente arricciati e profumati alla violetta, la barba rasata sempre di fresco; dimostrava meno dei trent'anni che aveva, nonostante le proporzioni erculee del suo collo, del suo petto e dei suoi polsi.

La tavola dove si metteva lui in cinque minuti si riempiva di gente. Ne raccontava di storie buffe! Era stato atleta in un circo equestre per dieci anni e aveva visto tanto mondo; e poi faceva certi giuochi di prestigio da rimanere a bocca aperta. Le gambe glie le avevano, niente di meno, mangiate i pesci cani. In mezzo all'Oceano si era gettato in mare dal piroscafo per salvare la figlia di un banchiere italiano che s'era voluta uccidere. Era riuscito miracolosamente a salvare la ragazza, ma lui era stato issato a bordo che pareva una botte sfondata da tanto sangue buttava. Il banchiere l'aveva assistito come un padre. Appena giunti a Buenos Aires gli aveva comprato quella magnifica poltrona triciclo e gli aveva assegnato un mensile vitalizio che gli permetteva di bere vino in bottiglie e giocare ogni sera delle vere sommette. Questo gioco della sera attirava ogni sorta di gente quattrinaia nell'osteria di Otello, e le bottiglie più vecchie si vuotavano a dozzine; e Otello, il cui fiuto finanziario non fallava, se gli avessero ridato le due braccia per portargli via Peppino, avrebbe risposto: No!

Un sabato, dunque, verso il tocco, eravamo una diecina intorno a Peppino fuori dell'osteria; ci raccontava di quando in un *cabaret* di Parigi aveva vinto mille franchi di scommessa al re Leopoldo stendendosi in terra supino, a dorso nudo, e facendosi salire sul petto quattro ballerine: e v'assicuro che bisognava ridere per forza, a sentirla raccontare da lui. *Bullet* si doveva tenere addirittura la sua pancetta con le mani.

Ma in mezzo alle risate amiche, si udì una voce secca secca dire: - *No puede ser!*

Ci rivoltammo; l'interlocutore era sconosciuto a tutti: un basso spagnolo con un lungo soprabito giallo tutto sbrindellato, un largo cappello di paglia annerito dalle intemperie, i piedi calzati stranamente di rosa, piantati con gran fierezza dentro due scarpe di corda. Stava ritto dietro Peppino, con la sigaretta in bocca e le mani in tasca.

- Non può essere! - ripetè col suo pretto accento madrileno - io sono dell'arte, sono atleta anch'io, atleta girovago perchè si sa pur troppo che nel mondo vale la fortuna e non il merito, ma sono uno dei più forti atleti che abbia oggi la Spagna e si sa che la Spagna è la patria dei più forti atleti del mondo. Ebbene, io posso garantire, che nè io nè nessun altro atleta spagnolo può fare un esperimento di questo genere!

Peppino lo guardava più tranquillo di noi, senza ombra di risentimento. Quando ebbe finito, gli disse:

- Qual è il peso più grosso che alzi?

- Il mio peso da un quintale verificato e bollato in dodici concorsi, col quale ho guadagnato le dodici medaglie d'oro d'argento e di bronzo che loro possono ammirare sul mio petto!

E così dicendo lo spagnolo si sbottonò con una sola stratta tutta la sua pelandrana e ci si mostrò in maglia rosa e brachette di raso viola, col petto trasformato in un vero medagliere.

- E dove ce l'hai questo peso? - domandò Peppino.

- Nella mia carrozza! - esclamò lo spagnolo presentandoci con un gesto solenne un orribile carretto a due ruote carico di ogni ben di Dio, cui era attaccato un cavalluccio tutto pelo e ossi.

- Portalo qua.

Lo spagnolo si levò la palandrana, estrasse dal carretto due enormi palle infilate ai capi d'una grossa sbarra di ferro, e venne tentennante ma sorridente a gettarle ai nostri piedi, facendoci balzare tutti sulle sedie per il contraccolpo.

- Fammelo assaggiare, - disse Peppino; e chinandosi sul suo triciclo, e con la destra afferrato nel giusto mezzo il peso, lo tenne per un momento sollevato, con una facilità che preoccupò visibilmente lo spagnolo.

- Se, così come son ridotto, senza gambe, t'alzassi questo peso e te seduto sopra, tutto di forza, senza spinta, perchè ho le spalle appoggiate, ci crederesti allora a quello che ho raccontato?

- Allora sì! - rispose lo spagnolo sorridendo incredulo.

Peppino si levò la giacchetta e la dette in custodia ad un ammiratore vicino, poi si levò anche la camicia e mise al nudo un torso candido e gigantesco come quello di Ercole.

Bullet aveva smesso di ridere per guardare a bocca aperta. A un tratto strillò:

- Che bellezza di bracci, per Diana!

- È un pezzo che non vi sentite stringere la vita! - gridò Peppino, ridendo con tutti i denti. - Dite la verità che n'avete voglia d'una strettarella, eh birbacciona? - E aprendo le braccia: - Volete favorire? Io ci sto di core!

- Se vi sentisse Otello! - si limitò a rispondere *Bullet*, rimanendo però lì come tenuta dall'incanto di quelle due braccia magnifiche.

- Su! Su! la gran prova! - dicevano gli amici di Peppino.

E Peppino allora mise in tensione tutti i suoi muscoli e tenendo le braccia piegate contro il petto disse: - Avanti! mettetemi il manubrio qua sulle mani.

Glie lo alzammo in quattro e glie lo mettemmo come aveva detto. Le sue braccia non cedettero d'un centimetro, ma il triciclo ne parve sconfortatissimo.

- Niente paura; cigola, ma non si rompe, - disse Peppino ridendo. - Qua a sedere, signor spagnolo, e attento all'equilibrio!

Mentre lo spagnolo salì e si sedette agilmente sul lungo manubrio di ferro, il pianto del triciclo raddoppiò, ma le braccia di Peppino stettero salde come di ferro massiccio.

E l'ascensione del peso, con relativo atleta spagnolo, incominciò subito lenta e sicura. Lo sforzo era gigantesco: gli occhi bianchi di Peppino sembravano galleggiare nel sangue: l'Eracle di marmo in riposo s'era trasformato in un Eracle di porfido sollevante Anteo.

Ad un tratto, quando già la vittoria era sicura (ed era sempre una bella vittoria, anche supponendo che il peso controllato e bollato dall'atleta spagnolo fosse stato di cinquanta chili invece che di cento!) ecco si ode uno schianto secco e si vede il nostro Peppino abbassarsi di un palmo contro terra mentre lo spagnolo si getta impaurito sulle nostre spalle. Il mozzo d'una ruota del triciclo aveva ceduto. Lo spagnolo riprese prontamente dalle mani di Peppino il suo peso e, poggiatolo in terra per ritto, e impugnatone il manubrio a mo' di lancia, volle stringere la mano di Peppino dicendogli solennemente: - Collega, ora credo a tutto quello che hai raccontato e che racconterai: saresti degno di misurarti col mio glorioso maestro Santiago Machacapulgas! e più non si può dire!

Ma la sua voce reboante fu travolta dal clamore dei nostri «evviva!». Peppino schizzava sudore e gioia da tutti i pori, e il sudore gli colava giù a rigagnoli per le valli del suo vasto torace e la gioia la sfogava schiacciando tra le sue ogni mano che gli si tendeva, e baciando a quattro doppî gli amici più vecchi. Quando fu la volta di *Bullet* che gli tese la mano tutta esultante, ci fu tra quei due ritratti della salute un tale scambio di occhiate, che Peppino, credendo certo di meritarsi un tal premio per la sua vittoria, se la tirò giù addosso, le cinse la vita con le sue braccia formidabili e incominciò a baciarla di santa ragione. La nuova vittoria, sebbene più facile della prima, suscitò un eguale scoppio di applausi.

Ma aimè! avevamo fatto i conti senza l'oste.... il quale in quel momento, non visto da nessuno, era sopraggiunto di ritorno dalla sua operazione finanziaria; senza dir verbo aveva sfondato come un ariete il nostro cerchio plaudente, e, con pronta decisione, cacciava avanti uno dei suoi vasti piedi, dirigendolo sulle due teste colpevoli.

Fu un lampo. Il piede arrivò a destinazione.

Ma quando Otello fece per ritirare il suo arto con l'evidente disegno di ripetere il colpo, non gli fu possibile. *Bullet* con uno strillo da maialetto impaurito era ruzzolata in terra, poi fuggita via in bottega; e quanto allo strumento della sua vendetta, esso era stato fulmineamente e irrevocabilmente afferrato dalle mani di Peppino. I due si guardarono in faccia.

Il faccione imperturbabile e ancora ridente di Peppino dimostrava apertamente il suo tranquillo piano di battaglia. Sembrava dire: Per conto mio, non ti lascio il piede sino a che non ti son passati i bollori.

Invece la faccia grifagna di Otello dimostrava un farraginoso rimuginìo interno, in cui tutti i più inverosimili disegni di difesa e di offesa venivano volta a volta accolti e scartati. Ma il piano del gran Peppino non era sbagliato: a lungo andare, quella forzata posizione cicognesca non poteva non ricondurre nell'animo di Otello quella serena e profonda filosofia che gli aveva sempre appianato ogni scabrosità della vita.

- Ti vien da ridere, di' la verità, Otello! - gli disse Peppino.

- Ancora no, - brontolò Otello.

- Bada che siamo buffi: pensaci un po' bene. Non vedi che questi poveretti d'intorno non possono parlare perchè gli scoppia la bocca dal ridere?

Otello sorrise, Peppino scrosciò; e nacque una risata omericamente inestinguibile.

Quella sera vi fu gioco nutritissimo nell'*Osteria degli Scampoli*. Al tocco eran capitati per caso a bere sette o otto capitani inglesi, e Peppino, che sapeva l'inglese, li aveva tirati nel gioco già incominciato, e le sterline correvano più del solito sulle modeste tavole di Otello, ed egli, dal suo trono, ne fremeva di orgoglio e ragionava forte, tra sè e sè, come non mai.

Io, dopo aver regolarmente perduto quel poco che avevo in tasca, ero solito accomodarmi alla prima tavola sotto il banco, che a quell'ora era sempre vuota, per schiacciare un sonnellino. Tenevo moltissimo a quel sonnellino di mezz'ora perchè quasi sempre sognavo di vincere.

Quella sera, l'ho già detto, il monologo fioriva sulla bocca di Otello: però non era cosa facile intendere il senso delle sue parole in mezzo al vociare dei giocatori. Ma è certo che, poco prima di addormentarmi, lo udii distintamente dire: - E sessantaquattro! - (si riferiva a bicchierini di *whiskey*). - E quattro mazzi di carte!... E dodici banchi!... Trenta *pesos* di guadagno netto in tre ore!... Loro possono perdere laggiù; ma io di quassù vinco sempre: poco ma sicuro! Le fortune si fanno così.... Questo si chiama aver occhio e bernoccolo: dal primo giorno che l'ho conosciuto ho detto subito: Questo Peppino sarà la mia fortuna!... Veramente.... quell'abbraccio.... proprio là in presenza a tutti.... è stata una mezza canagliata.... Mah!... Alla fin delle fini.... forse.... ha ragione lui: la pipa mi son dovuto sì o no adattare a farmela accendere da un altro? Anche la moglie da qualcuno bisognerà pur che me la faccia abbracciare!....

L'ELEFANTE.

C'è una sola fatica della quale l'uomo civile non senta mai il bisogno di riposarsi: ed è quella di occuparsi dei fatti del prossimo. Infatti nelle stazioni climatiche e ai bagni di mare, dove si va per riposare di tutte le altre fatiche, nessuno pensa a riposarsi di quella.

Sotto questo aspetto, la piccola tribù bagnante di *** potè dirsi veramente fortunata l'estate scorsa; perchè ai consueti soggetti ormai tradizionali del luogo se ne aggiunse uno del tutto impreveduto e imprevedibile.

Si trattava di una enorme femmina piombata là, in quel lembo di spiaggia adriatica, come un bolide.

Di dove era venuta?

Nessuno lo sapeva.

Era scesa da un vagone-letto proveniente da Brindisi; questo lo assicurava il giudice Cesti che aveva una passione atavica (diceva lui) per vedere arrivare i treni. Da ciò, e dall'aver essa con sè una piccola serva di pelle bruna ed un mostruoso *bulldog* con i quali conferiva in inglese, il medesimo giudice aveva indotto che essa «provenisse» (*sic*) dalle Indie. Senonchè il professor Percossi, insegnante locale di storia e geografia, era pronto a scommettere qualunque bibita sostenendo che quella piccola negra era di razza australiana e che perciò la padrona doveva venire dall'Australia. Ogni volta che il giudice e il professore si trovavano di fronte, era battaglia dichiarata.

La conclusione era sempre una: non si sapeva donde quell'enorme bolide carnoso fosse caduto, nè chi fosse.

Appena giunta era salita sull'omnibus-automobile dell'Albergo dei Bagni, il migliore albergo del luogo, dove ella si era scelta la più bella e costosa camera, con salotto, lasciando in portineria un nome che poteva benissimo anche essere il suo: *Miss* Mary Rudge.

Ma se ne sapeva quanto prima. Il fatto che fosse *miss* non meravigliò nessuno: tanto coloro che la giudicavano un giovanissimo fenomeno vivente, quanto coloro che le regalavano quarant'anni buoni, tutti si trovavano d'accordo nel crederla destinata ad una eterna verginità: tutti, perfino il biondissimo trentenne conte Saturni, che s'era di fresco sposata una signora di sessantaquattr'anni e senza un occhio, per trecentomila lire di dote! perfino due elegantissimi disperati già noti rivali del sullodato conte, i quali poi, sia detto in segreto, si sottoponevano ad acrobatici appostamenti per riescire ad essere notati dalla enorme *miss*!

Sì, perchè in mezzo a tanto buio, c'era una cosa chiara: *miss* Mary Rudge doveva avere di molti ma di molti denari: e questo punto indiscutibile era anche quello che esasperava tanto la curiosità di tutti. Figuratevi che, arrivata nei primi giorni di luglio, mentre ferveva sulla spiaggia il lavoro per la costruzione dei capanni municipali e privati, essa ne aveva provocato l'immediato arresto, pretendendo che le si erigesse in quattro e quattr'otto un robustissimo capanno a due piani, circondato di un ampio recinto di rete metallica, arredato del necessario per potervi dormire e mangiare, e validamente munito contro le intemperie. Ebbene: in soli cinque giorni tutto fu pronto. A tutti i vecchi del paese sembrò un miracolo, e si seppe subito che esso era dovuto ad una inaudita pioggia di sterline.

Così, dopo cinque giorni, la nostra *miss* (pur non cessando di tenere per suo conto la migliore camera dell'albergo) aveva preso regolar possesso della sua singolare abitazione. Si raccontavano i particolari del collaudo e se ne facevano gran risa. I due maestri carpentieri avevano passato un brutto quarto d'ora seguendola nella sua prima visita. Le più impreveduto e dolorose voci nascevano da ogni parte: quasi ogni fibra del legno implorava pietà al suo passaggio... Ma poi come a Dio piacque la cosa aveva avuto buon fine: la *miss* aveva detto: «all right» e aveva pagato. Da quel giorno nessun piede profano potè più oltrepassare il recinto, e il luogo si chiamò come l'aveva battezzato un giovane e allegro falegname, mazziniano per la pelle, che faceva all'amore con la serva del giudice: *la casa dell'elefante*.

Vorrei però che l'aveste veduta ritornare dalla sua lunga passeggiata meridiana, la miss gigantesca, ansante e sudante, coperta d'un immenso accappatoio grigio con la testa riparata da un piccolissimo ombrellino rosso, accompagnata dalla giovane servetta negra bassa e magrissima, seguìta ai calcagni dal fedele *bulldog*, il quale, specie nelle giornate di vento, scompariva tutto sotto il nuvolo di rena alzato dal poderoso passo del pachiderma.... Scusate! Era così viva la rassomiglianza, che proprio involontariamente....

Quella passeggiata, forse l'avrete subito indovinato, non era se non una delle quotidiane torture alle quali la povera *miss* si sottoponeva con altrettanto quotidiana fiducia: era un "numero" di quei vorticosi programmi di cure dimagranti, nei quali l'America del Nord è così grande maestra.

I più sperimentati caccianasi del luogo, non potendo far altro, si dedicarono a compilare e a divulgare un particolareggiato resoconto della giornata dell'*elefante*. Alle sei della mattina: la levata; alle sette: un bagno di un'ora a 40°, nel vicino stabilimento idroterapico; alle otto e mezzo in punto: la pesatura. Questa funzione delicatissima e importantissima si compiva in una saletta terrena dell'Albergo dei Bagni dove era stata verificata e rinverniciata appositamente una vecchia stadera automatica. Il cassiere dell'albergo in persona, all'apparire della *miss*, lasciava il suo scanno, chiudeva a chiave il suo piccolo ufficio, e fattole un profondo inchino la precedeva nella «stanza della pesatura»: si levava di tasca due soldi e attendeva con solennità, tenendoli alti e bene in vista vicino alla bocchetta, pronto a gettarveli nel momento stesso in cui la piccola piattaforma incominciava a tremare sotto il primo colpo di piede dell'*elefante*.

Lì per lì la lancetta sembrava impazzita; sotto gli occhietti trepidanti della *miss*, andava, tornava, si dibatteva.... finchè trovava riposo là verso i 107 o i 108.... chilo più chilo meno.... Per noi: "chilo più chilo meno"! non già per lei, poveretta! Una differenza di due ettogrammi bastava a far scintillare il suo massiccio volto di gioia o a disegnarvi una smorfia che la faceva improvvisamente rassomigliare al suo cane. Gioia e dolore erano sempre muti, e ci voleva un vecchio e appassionato amante delle bestie, qual io mi vanto d'essere, per commuoversi.

Dopo la pesatura c'era la passeggiata lungo la spiaggia, la quale durava esattamente quattro ore: dalle nove al tocco dopo mezzogiorno. La partenza e il ritorno si effettuavano in mezzo alle più varie manifestazioni di allegria di tutti i gruppi di bagnanti davanti ai quali la paziente *miss* era obbligata a passare. Al tocco preciso giungeva il ragazzo dell'albergo con due portapranzi e un cestino colmo di frutta. Il cestino rappresentava il vitto giornaliero della piccola negra. I due portapranzi erano uno per il cane, uno per l'*elefante*. Mentre la serva rosicchiava le sue frutta durante tutta la giornata, tanto il cane che l'*elefante* divoravano in un attimo tutto il loro pranzo, uno di fronte all'altro, e non rimangiavano più fino al tocco del giorno dopo. E quello del cane era almeno un vero e proprio pranzo da cristiani, ma quello della povera *miss* era semplicemente diabolico. Mezzo chilo di filetto arrostito, affogato nella salsa di senape, sei torli d'uovo che essa sbatteva crudi in quattro dita di autentico rum Jamaica e ingoiava tutti d'un fiato. Per chiudere, un gran limone da mangiarsi a fette.

I camerieri del Ristorante dei Bagni comunicavano a tutti i clienti questa lista, con la medesima aria con la quale i guardiani dei giardini zoologici informano i visitatori sul vitto delle belve.

Del resto in tutto e per tutto la povera *miss* era ormai considerata niente più che un raro esemplare di qualche specie creduta scomparsa, e ognuno avrebbe giurato che quell'animale, sebbene somigliasse approssimativamente ad una donna, dovesse essere assolutamente incapace di pensare e sentire come pensano e sentono le nostre donne.

- Basta un'occhiata per definirla un'apatica tipica! - sentenziava il giudice per dimostrare la sua dimestichezza con le più recenti scoperte della criminologia.

- Sì.... sì.... finchè fa di queste cacofonie, padronissimo.... ma la negra è australiana.... glielo dico io! L'etnologia non è un'opinione! - ribatteva sistematicamente il professore.

Le signore, specialmente quelle magre, facevano faville per la felicità: in ogni lazzo, in ogni elaborata freddura del sesso maschile contro quei poveri innocui 107 chilogrammi esse vedevano un inno ai loro ossetti snodati, una sconfitta definitiva delle loro amiche grassocce.

Una sera ad una festa (una di quelle compassionevoli feste da piccole stazioni balnearie, per le quali nessuno vuol cavar soldi e in cui il miglior divertimento è quello di criticare chi ha sudato per organizzarle), dinanzi a molte graziose signore nonchè al giudice Cesti, al professor Percossi e a quei due bellimbusti cacciatori di doti, arrischiai una timida ipotesi suggeritami da un attento esame degli occhi della *miss*, al quale esame da qualche giorno m'ero dedicato con paziente amore.

- E se dentro a quell'enorme sacco di carne e di grasso battesse un piccolo e tenero e romantico cuore di donna, in tutto e per tutto simile a quello che voi signore ci mostrate attraverso i vostri sacchetti deliziosamente diafani e profumati?... Allora essa sarebbe sacra a un grande dolore.... e forse.... i suoi occhi lo dicono, per chi sa leggervi dentro....

Passato il primo stordimento, un urlo selvaggio uscì da quei teneri cuoricini che mi circondavano e mi troncò la parola sulle labbra. Se invece d'essere ad una festa, fossimo stati nel centro dell'Africa, non mi avrebbero troncato soltanto la parola! Il giudice Cesti si limitò ad abbozzare un sottile sorriso da uomo che la sa lunga e non la beve. Il professor Percossi invece sembrava preso da un accesso di epilessia, tanto rideva. I due giovanotti soltanto mi guardarono contemporaneamente con un infinito senso di gratitudine.

Debbo confessarvi che quando arrischiai la mia ipotesi, io ne ero tutt'altro che entusiasta; già è straordinariamente raro che io prenda a cuore le mie opinioni: ma quell'accoglienza così ostile scosse imprevedutamente il mio amor proprio.

- Io sono sicuro di quel che ho detto - gridai - posso leggere in quell'anima come in un libro aperto, vedrete! I fatti mi daranno ragione!...

Mi avvidi io stesso di averla detta grossa. Tanto più che i due giovanotti di dorate speranze sembrarono aver prese le mie parole come un complimento o meglio un augurio diretto a loro, e dimostrarono così ridicolamente la loro compiacenza arricciandosi ambedue i baffi e poi subito accomodandosi ambedue il nodo della cravatta, che un riso irresistibile sfrenato pazzesco s'impossessò di tutto il gruppo che mi circondava, allargandosi anche minacciosamente a tutto l'angolo della sala.

A mente fredda pensai: ammettendo anche che io non mi fossi sostanzialmente ingannato nel giudicare un'anima femminile, il buon *elefante* sarebbe placidamente partito di lì a quindici o venti giorni, nessuno avrebbe mai saputo per dove, come nessuno sapeva di dove fosse venuta.... Quale fatto avrebbe mai potuto rompere la monotonia di quella cura dimagrante, proprio allora, per far piacere a me?!

Pur cercando con una prudenza da gatto soriano di ricoprire il meglio possibile di oblio la mia strana profezia, vigilavo.

Volere o non volere era una donna.... e con le donne.... non si sa mai!

Cinque giorni dopo, e precisamente la mattina del 15 agosto, il postino bussò per la prima volta alla casa dell'*elefante*, e consegnò una lettera raccomandata alla piccola negra.

- Di dove viene quella lettera? - domandai al postino, mentre aspettava fuor del recinto.

- Dal Canadà.

- Dal Canadà?

- Sì.

Un paese così freddo.... così lontano.... una lettera raccomandata.... Saranno danari. *L'elefante* sarà canadese (in barba al giudice Cesti e al professor Percossi) e la sua famiglia le spedirà danari....

Ma ecco apparire fuor della porticina del capanno l'*elefante* stesso nel suo consueto accappatoio, incontro alla negra; tendeva le mani tremanti: il suo gran volto sul grigio accappatoio era bianco e giallognolo come uno di quei grandi bioccoli di schiuma che il mare burrascoso abbandona sulle spiagge. La sola vista del postino l'aveva così commossa.

Con un rapido gesto pieno di fervore si ripose in seno la lettera, firmò a fatica, poi fuggì dentro, rovesciando tutta una giardiniera piena di vasetti di gerani in fiore.

Il romanzo c'era, per Bacco! Il difficile era capirci qualche cosa.

Per quel giorno l'*elefante* non si fece più vivo e io lasciai briglia sciolta alla mia fantasia.

La mattina dopo alle quattro ero in mare a veder nascere il sole, sulla mia barchetta a remi; quando, volgendo per puro eccesso di scrupolosità lo sguardo al capanno della *miss*, vidi che essa ne usciva con la sua negra. Gran dio! due ore di anticipo sulla levata? Quale misteriosa ragione....? Semplicissimo: una barca la aspettava sulla spiaggia, trepidante.... quasi conscia.... Bagnando le sue enormi gambe fino al ginocchio, ella salì sopra un piccolo masso a fior d'acqua, e di lì, aiutata un poco dalla piccola negra, un po' più dalle bronzee braccia del barcaiolo, ma più ancora da qualche ignota e propizia forza soprannaturale, piombò sulla innocente barca, afferrò i remi e si diede a remare con tale impeto che il cerro sembrò vimini.

Essa remava di buona scuola: nonostante, la sua barca procedeva, naturalmente, lenta, e io la seguivo ripensando all'antica prora dantesca. Poichè il mare incominciò ad essere mosso da un fresco grecale, sotto il rosso sorriso del sole, la grave barca della *miss* contro il vento e contro mare quasi non si moveva più. Mi sembrò allora di vedere Nettuno stesso lasciar le briglie algose dei suoi cavalli e rotolarsi dentro la sua conchiglia per il gran ridere, mentre una torma di allegri tritoni si divertisse a trattenere per il timone quella furibonda rematrice.

Ad ogni modo, il mare aveva trovato un avversario degno di lui. O bene o male la eroica *miss* andò avanti verso Greco finchè l'orologio che la negra osservava non segnò le cinque.

Allora finalmente depose i remi e si concesse un po' di tregua; guardò il cielo con l'intenzione evidente di bearsene, ma la neonata faccia rubiconda del sole, non parve piacerle. Ma volgendosi da ponente s'imbattè nella faccia bianca della luna di poco scema; allora, quasi con rabbia, abbassò il capo per contemplare il mare. Certo, ella non poteva guardare nè il sole nè la luna senza ricordarsi della odiata rotondità del proprio viso.

A un tratto si levò di mezzo al seno una carta, certamente la lettera del giorno avanti, e si mise a rileggerla, talora sorridendo come la luna, talora arrossendo tutta come il sole.

Girandole attorno, da pianeta senza scrupoli, potei osservare che la lettera era di otto pagine, di cui le prime tre erano presumibilmente piene di dolci e lontani ricordi; la quarta doveva contenere qualche cosa di decisivo, di grave, di irreparabile forse: le altre quattro, a giudicare dall'impressione che facevano sul volto di lei, avrebbero dovuto equivalere ad una buona dozzina di pizzicotti ben assestati. Ebbi la matematica sicurezza che si trattasse di una lettera d'amore. Esiste forse nel mondo qualche cosa che rassomigli all'effetto che fa una lettera dell'uomo amato sopra la donna che lo ama?

Quando la negra avvertì che erano le cinque e mezzo, la miss si riprofondò nel mezzo del seno la lettera, afferrò con rinnovato impeto i remi, e fatto cenno al barcaiolo di mettere la prua a terra, rivogò furiosamente, aiutata, ora, dal vento e dal mare. Scesa a terra, andò diritta verso il piccolo stabilimento idroterapico dove la aspettava il suo solito bagno a 40°; alle otto e mezzo: la pesatura; alle nove: in marcia sotto il sole già fiammeggiante; due ore di andata, due di ritorno; al tocco: il pasto; alle due: lettura di libri dentro l'ormai famoso recinto.... *great attraction* per i bagnanti e sopratutto per i forestieri di passaggio, mèta di interi eserciti di sbarazzini che si divertivano a fare andare.... in bestia l'irascibile *bulldog* attraverso la rete metallica o a fare le boccacce alla servetta negra costretta a tenere il piccolo ombrellino sul capo della padrona durante un paio d'ore.

Evidentemente la remata mattutina era un «numero» aggiunto d'urgenza al suo programma dimagrante; era dunque impossibile non subordinare questo affrettato bisogno di assottigliarsi all'arrivo della misteriosa lettera.

Ciò posto, e posto anche un altro fatto importantissimo il quale mi risultava sicuro, che cioè alla lettera in questione la *miss* non aveva risposto affatto, mi parve logico supporre che essa aspettasse senz'altro un suo amatore canadese. Nessun'altra ipotesi avrebbe potuto spiegare il profondo mutamento di tutta la psicologia dell'*elefante*. Al metodo rigido come una regola monacale, cui tetramente essa sembrava piegarsi prima, con la fredda volontà del cervello, era subentrata ora una fretta commossa, un'ansia trepidante; i piccoli occhi ceruli lampeggiavano di speranze visibili, di sogni infuocati; tutti i semplici atti della sua vita, pur non rinunziando al loro fine terapeutico, apparivano ora animati di un entusiasmo nuovo....

La sua psicologia era esattamente quella della donna che aspetta una visita amorosa: figuratevi che essa aveva perfino fatto portare nel capanno un pianoforte e dopo il tramonto essa lo pestava ululando appassionatamente!

Pregustando ormai la gioia di un trionfo personale, tacevo e vigilavo. Purchè questo amatore canadese non mi giocasse il brutto tiro di essere un altro fenomeno vivente, io mi sarei preso una bella rivincita sulla intera colonia bagnante, che ormai conosceva la mia profezia e ne rideva mattina e sera con stupidissima amabilità.

La sera del 19 arrivò alla casa dell'*elefante* un telegramma. Veniva dall'Havre.

Era fatta! Il canadese aveva veramente attraversato l'Oceano: non mi restava che attendere la sorte con animo virile.

Nemmeno al telegramma l'*elefante* rispose: ossia, rispose remando, sudando, pesandosi, correndo, soffrendo fame e sete, leggendo e stonando, con raddoppiato entusiasmo.

Io non abbandonavo ormai più i miei posti d'osservazione, e dove non potevo essere io, vigilavano fidati informatori. Mi resultava, ad esempio, che il giorno 20 la stadera aveva segnato chilogrammi 105,300: una prigione ancora ben solida per un'anima innamorata!... Ma il giorno 21, che, secondo i miei calcoli, poteva essere quello dell'arrivo, volli assistere io stesso alla pesatura. Ne valeva la pena! La *miss* giunse con un quarto d'ora di anticipo: era agitatissima; non s'avvide affatto di me. Essa non aveva certo mai interrogato il quadrante della stadera con più straziante trepidazione. Niente di più tragico e di più umoristico di quelle due facce rotonde che si guardavano, una come implorasse, l'altra tranquilla e stupida con l'aria di dire: "che ci posso far io?.... 105 e 700!".

Gli occhietti spaventati della *miss* aspettarono ancora qualche secondo sperando in un'ultima misericordiosa oscillazione: ma la lancetta s'era inesorabilmente fermata. Io, dal mio nascondiglio, vidi

11

nettamente la disperazione affondarle gli artigli nelle gote, mentre chiedeva di salire alla sua camera dove da un mese non saliva; e non so chi mi tenne dal correrle dietro e gridarle: «Coraggio, per Dio! Non saranno certo quei quattro ettogrammi che potranno spaventare un uomo disposto a tenere sulle sue ginocchia un quintale!».

Mi limitai ad aspettare che la cameriera guercia, prontamente accorsa, discendesse dall'averla accompagnata.

La *miss*, in generale così guardinga e gelosa d'esser vista, questa volta, senza curarsi affatto della presenza della cameriera, era corsa dinanzi allo specchio dell'armadio, vi si era guardata per un istante, fremendo tutta, poi (proprio mentre la cameriera chiudeva l'uscio e metteva contemporaneamente l'unico occhio appositamente risparmiatole dalla provvidenza al buco della chiave) si era gettata per metà sul letto, scoppiando in un pianto dirottissimo e rumoroso. La piccola negra e il *bulldog* s'erano subito messi a piangere anch'essi. A tratti la strana e lugubre sinfonia cessava per ricominciare con un attacco formidabile, da strappare l'anima, finchè si fece nella camera un silenzio di tomba che durò forse un'ora.

Trascorsa questa, mi si riferì che improvvisamente si era udito un rumore di casse trascinate, di valigie sbattute, il rumore caratteristico di chi fa i bagagli. La nuova bastò a mettere in subbuglio tutto il personale di servizio. Dal cassiere che aveva anticipato i due soldi giornalieri della pesatura, fino all'ultimo sguattero, venti persone, come un sol uomo, erano pronte a giurare di aver reso servizi incalcolabili alla povera *miss*!

Mentre salivo in grave apprensione per le sorti della mia profezia, la piccola negra scendeva in fretta e la vidi chiamare due facchini che si precipitarono fuori dietro di lei. Origliando all'uscio della *miss*, la udii singhiozzare sommessamente. Di lì a un quarto d'ora ritornò la negra seguìta dai due facchini i quali portavano una cesta ciascuno, cercando di sudare il più possibile: essi venivano dal capanno: era chiaro dunque che l'*elefante* preparava una fuga!

Così si fosse trattato di un vero elefante!

Con quanto piacere gli avrei gettato un buon laccio al piede!

Alla fine *miss* Rudge uscì dalla camera. Il gran volto mostrava i segni di una violenta battaglia interna; zone gialle e rosse lo attraversavano facendolo rassomigliare a un immenso gelato di crema e fragola. I tondi e piccoli occhi erano sanguigni per il pianto.

Tutto il personale di servizio era scaglionato per il corridoio, lungo le scale, nell'atrio, sul portone, al predellino dell'omnibus-automobile che aspettava sussultando, anch'esso, più fragorosamente del solito. Le mance scivolavano e scomparivano in ogni mano nel medesimo modo, e tutte le mani rapidamente si vuotavano nelle rispettive tasche, mentre nello stesso istante i corpi si inchinavano e le bocche belavano o gracidavano qualche inutile ringraziamento. Inutile, perchè la *miss* passava tra loro muta e sorda come una balla di cotone che ruzzolasse.

Fu caricata sull'automobile. Anch'io vi salii. Via facendo il volto della *miss* sembrava pacificarsi in una profonda sconfinata malinconia. Di tanto in tanto la piccola negra piagnucolava in un inglese ben strano: «Ditemi perchè scappiamo.... prego! ditemelo....» e la *miss* quasi meccanicamente rispondeva: «Taci, taci, sii buona».

Alla stazione fu circondata da uno stuolo di facchini aspiranti alla sua generosità. Fece acquistare due biglietti per Brindisi e affidò il suo *bulldog* raccomandandolo nel più vero e più grande *volapük* che esista: un foglio da dieci lire. Giunse il treno: la *miss* vi salì spinta di sotto da due facchini, tirata di sopra da due deputati della estrema.... Ogni finestrino del treno rideva per dieci bocche almeno!!

Mentre tutta la colonia bagnante, già informata della improvvisa partenza, mi aspettava sulla piattaforma dell'unico stabilimento per coronare degnamente il mio saggio profetico, io parlavo con l'amatore canadese in persona, passeggiando dinanzi alla deserta casa dell'*elefante*! Esso era giovane e biondissimo, bello e solido. La sua particolare eleganza di grosso *farman* coloniale rivelava la presenza di un sottostante portafogli degno d'esser sognato da un poeta!

All'annunzio della partenza di *miss* Mary Rudge comunicatogli dal portinaio dell'Albergo dei Bagni, il giovane aveva avuto un momento di profondo sconforto: evidentemente non se l'aspettava. Ma poi pareva essersi adattato all'idea di inseguire la sua amata intorno a questa miserabile palla che si fa chiamare pomposamente Mondo, ma che di fronte al denaro si rimpicciolisce ossequiosamente come un uomo qualunque.

Consultò un orario: alle sei del pomeriggio sarebbe partito per Brindisi col direttissimo. Si fece sul portone dell'albergo, incerto e contrariato, guardando meccanicamente per tre o quattro volte l'orologio. Scelsi quel momento per abbordarlo, e poichè egli se ne mostrò lieto, ci allontanammo, avviando, non senza fatica, una specie di dialogo in inglese.

Sembrava che egli trattenesse continuamente con sforzo qualche frase che gli salisse alle labbra: io credevo di indovinare che egli avrebbe voluto che parlassimo di lei. Quanto a me, potete bene immaginare con quanto piacere gli avrei finalmente domandato: "Mi volete dire per quale ragione voi simpatico, sano, ricco, vi siete innamorato di un fenomeno vivente come quello?!" ma intanto ci scambiavamo delle stupidissime domande rese sopportabili soltanto dalla reciproca attesa di dirsi qualche cosa di molto interessante.

Dove la spiaggia voltava a levante, apparve la gran *casa dell'elefante*. L'occasione era propizia.

- Vedete quel casotto? Là abitava giorno e notte miss Rudge!

Gli occhi del giovane brillarono finalmente di vera giovinezza. Fu tale la piena del suo sentimento che non potè pronunziare più parole di queste: "Davvero?! oh!!". Ma il suo viso fissava, tutt'occhi, quel casotto abbandonato, e si vedeva che conteneva il pianto.

- ....Menava una vita solitaria quasi selvaggia - continuai io - ....con la sua piccola negra, col suo terribile *bulldog*.... camminava moltissimo, remava.... nella mattinata: il giorno leggeva seduta là in quel recinto fiorito.... e poi a sera cantava accompagnandosi sul pianoforte.

- Beato voi che avete sentito ciò! - non potè fare a meno di esclamare il giovine.

C'era in questa frase inaspettata tanto di sacro che non risi quasi nemmeno internamente.

Mentre io dicevo ancora qualche altra cosa di lei, sempre ansioso di scoprire il filo di Arianna di quell'enigmatico amore, egli stesso strappando con forza i suoi occhi turchini ad una incantata visione, uscì a dire:

- Oh! come sono felice di aver trovato voi! Sentendovi parlare io credo di vederla là tra quei fiori.... ma chi sa se io me la imagino come essa è veramente! No.... non è possibile! Dev'essere più bella! è vero che essa è molto.... molto bella?!

Io non vidi la faccia mia in quel momento: ma se anche l'avessi vista non riuscirei a descriverla. La gioia di possedere finalmente la chiave del segreto fu subito superata dalla terribile necessità di rispondere alle ingenue domande del giovane. Vi giuro che avrei con molto piacere veduto qualcuno di voi al mio posto!

Mi concessi un piccolo insulto di tosse, poi risposi nell'unico modo possibile:

- Oh! - esclamai - è veramente bellissima!

Fu come se avessi levato il zipolo ad una botte.

- Io ormai vi tratto come un vecchio amico.... sapete, quando l'uomo si è innamorato ridiventa più debole di quando prendeva il latte.... ditemi.... ditemi se indovino oppure mi sbaglio: essa deve essere tenera come il suo cuore.... sì: dev'essere fine e elegante come una capretta d'un anno.... la vedo camminare con passo di regina qua su questa sabbia.... Pensare che tra queste migliaia di orme ci sono anche le sue! Ah! Se voi me le poteste indicare!... le bacerei!... Ma quando la mia fantasia si arrende per vinta, credete, mio signore, è se io tento di imaginarmi il suo viso..,. Oh! essa è stata molto cattiva con me! mai, mai, assolutamente mai, ha voluto mandarmi un ritratto suo.... che conforto sarebbe stato per me in questo così lungo tempo! Pensate: quindici anni che non ci vediamo: ella ne aveva allora nove e io dieci.... giocavamo molto, ma ci guardavamo poco.... quante volte mi son pentito poi di non averla allora guardata abbastanza!... Ricordo soltanto che aveva dei grandi occhi chiari come le ali di certe farfalle.... ed era bella, oh! bella! la più bella delle mie dodici cugine. Un triste giorno dovè partire con le sue quattro sorelle minori per l'Australia dove il padre aveva acquistato delle grandi piantagioni. Io fui ammalato dal dolore che provai, e mia madre e mio padre ridevano di ciò. Ci scrivemmo delle lunghe lettere dove raccontavamo quello che ci accadeva.... Man mano che noi crescevamo però, le nostre lettere parlavano sempre meno della vita che ci circondava e sempre più della nostra vita intima, finchè dopo molti anni arrivammo a veder chiaro nella nostra coscienza e capimmo che quel sentimento così bello che provavamo era amore!... Giusto tre anni sono, in un tremendo disastro ferroviario, essa fu sola a salvarsi di tutta la sua famiglia. Sperai di rivederla presto. Mio padre si era offerto di recarsi in Australia per liquidare nel miglior modo quei possedimenti e ricondurla con sè nella nostra colonia. Rifiutò in modo reciso, dicendo che poteva far benissimo da sè e che appena fatto sarebbe tornata fra noi. Dopo sei lunghi mesi annunziò finalmente la sua partenza per il Canada.... Imaginatevi come l'aspettavo! Ebbene: due giorni prima della data che ella aveva fissato per il suo arrivo, ricevetti un suo telegramma da Hong-Kong.... Che vi devo dire? Fui per uccidermi dalla disperazione: ma poi mi rassegnai.... era tanta la gioia che provavo leggendo le sue lettere e rispondendole, che la vita mi parve ancora abbastanza bella. Essa mi confortava ad aspettare, con pensieri infinitamente delicati, ma non si piegava alle mie preghiere mai.... e seguitava a girare il mondo in lungo e in largo. Sei mesi fa mi scrisse da San Francisco di California: credetti finalmente di averla tra le mie braccia. Dopo un mese era in Cile, poi in Australia, poi in India, poi in Egitto. Finalmente qua. Mi sembrò di aver diritto di non aspettare più e le scrissi che sarei venuto senz'altro a incontrarla in questo paese.... e son venuto.... ma essa è partita! Come lo spiegate voi?... vi posso giurare che ella m'ama.... ma perchè fuggirmi così.... perchè?...

Il caso, tutto sommato, era veramente degno di pietà e mi lasciò la bocca amara per più giorni, durante i quali mi guardai molto bene dal mostrarmi tra la gente per non essere seccato dalle loro ironie.

Ma una mattina, ecco precipitarsi nella mia camera il giudice Cesti con in mano un piccolo giornale di Brindisi che mi cacciò sotto gli occhi aperto e ripiegato al punto dove dovevo leggerlo:

- Legga, legga.... me l'ha mandato un mio collega.... veda che cosa ha fatto la sua *miss*.... però ad ogni modo lei l'aveva indovinata.... è un bel caso di penetrazione psicologica! Mi rallegro con lei!

Vi regalo addirittura il pezzo di cronaca del giornale di Brindisi del giorno 22 agosto.

«PER GLI AMATORI DI SCIARADE.

«Stamani alle sette, al Grande Albergo delle Indie si presentava un giovane all'apparenza inglese, di aspetto molto signorile, e chiedeva se si trovasse ivi alloggiata una certa *miss* Mary Rudge.

«La detta *miss* che era effettivamente arrivata questa notte nella nostra città proveniente da *** ed aveva subito destata la meraviglia dei nostri nottambuli per le sue gigantesche eccezionali proporzioni, si trovava alloggiata alla camera N. 18 del detto albergo e doveva lasciarla oggi a mezzogiorno, imbarcandosi sull'*Urania*per Bombay.

«Fu dunque risposto al giovane inglese che la *miss* si trovava nella sua camera. Parve raggiante di felicità e chiese di essere annunziato.

«Al semplice nome di *mister* Tompson la *miss* sembrò impazzire dal terrore. Chiese un'ora di tempo. Il giovane accettò di buon grado la dilazione ed entrò nella sala di lettura.

«Intanto una piccola negra, fantesca della *miss* uscì per recarsi a consegnare i bauli della padrona al piroscafo *Urania*. Miss Rudge rimase sola nella sua camera col suo fido *bulldog*. Dopo tre quarti d'ora gli inservienti dell'albergo notarono che il cane della *miss* emetteva degli strani ululati. Ne informarono la direzione. Il solerte direttore in persona salì per constatare il fatto: bussò alla porta, nessuna voce umana rispose. Soltanto gli ululati del *bulldog* si fecero più strazianti.

«Senza por tempo in mezzo il valoroso direttore fece chiamare la forza pubblica. Nel frattempo anche *mister* Tompson informato della cosa, saliva in preda ad una enorme costernazione e chiamava disperatamente: Mary! Mary!

«Ma nessuno rispondeva.

«Fu deciso di sfondare l'uscio.

«Mentre ciò si effettuava, le molte persone che s'erano raccolte dinanzi alla porta che già stava per cedere, udirono a un tratto un enorme tonfo sordo come se una balla di due quintali fosse caduta dal soffitto: contemporaneamente un disperato guaito del *bulldog* strappò loro i timpani. Sfondata la porta si rinvenne il povero cane completamente schiacciato dall'enorme peso del corpo della *miss* che gli era cascata sopra.

«*Miss* Rudge aveva il collo stretto ancora da una grande ciarpa di seta cui rimaneva attaccato, all'altro capo, il gancio del lume, strappato dal trave centrale della stanza.

«La scena fu dai presenti rapidamente ricostruita in questo modo.

«La *miss* aveva voluto porre fine ai suoi giorni: a questo scopo, portato il comodino nel mezzo della camera, vi era salita sopra per mezzo di una seggiola, destando così l'allarme del fedele *bulldog*, ed era riuscita con un sangue freddo da vera balena (*sic*) ad attaccare la ciarpa al gancio del lume, a infilare la sua testa in un nodo scorsoio e a gettare lontano con un calcio sedia e comodino. E qui il *bulldog* senza dubbio, e con ragione, impressionato, aveva dovuto risolutamente attaccarsi coi denti alle sottane di lei a più riprese e con tanta violenza che il gancio cedette e si staccò.

«La *miss* fu raccolta svenuta, in istato di grave asfissia: prontamente trasportata al civico ospedale, fu giudicata guaribile in quindici giorni salvo complicazioni.

«Quanto a *mister* Tompson, esso fu inutilmente cercato: nessuno riuscì più a vederlo.»

LA BEFANA DI BACICCIA.

Perfino i *ragazzi* si permettevano di chiamarlo per soprannome, e non solamente in terra, dove, più o meno, siamo tutti uomini, ma anche a bordo dove egli, essendo *marinaio*, era loro superiore.

E badate che, alla gerarchia, sopra un bastimento, ci si tiene quasi quanto alla vita. Così, che se un ragazzo della nostra «Meleda» si fosse arrischiato a chiamar *Bascia sciavate* il peloso dispensiere, il quale si godeva quel bel soprannome per essere appassionato collezionista di scarpe vecchie di tutto il mondo, si sarebbe buscato un tale scapaccione da non ritentare mai più la prova: e se poi avesse osato chiamar *Oegio fritu* il terribile guercio livornese, nostromo di bordo, avrebbe avuto subito rotte le reni da uno di quei maledetti calci, veri gastighi di Dio, per i quali egli era altrettanto rinomato a Cardiff, a Penzacola, a Cile o alla Boca, quanto nella contrada di San Ferdinando che l'aveva visto nascere.

Ma, per il bastardo Baciccia era un altro paio di maniche: si poteva tranquillamente chiamarlo col suo soprannome di *Va bèn*: perchè Baciccia con tutti i suoi muscoli d'acciaio, era uno di quegli uomini così buoni e pazienti che è come se portassero sulle spalle un gran cartello con scritto sopra: «Non metto paura a nessuno». Se considerate che, in fondo in fondo, in barba a tutte le maraviglie del progresso, un uomo vale ancora tanto quanta è la paura che sa mettere negli altri, presso a poco come prima del diluvio universale, potete fare il calcolo esatto di quel che valeva Baciccia. Era un «marino» schietto e capace come pochi: questo sì; ma ditemi voi a che cosa serve, a' nostri giorni, saper fare il proprio mestiere ed essergli affezionati?

Infatti il capitano si serviva di lui ogni volta che gli bisognava un lavoro eseguito a puntino e diceva sempre: - Quell'animale di *Va bèn* ne vale quattro di nostromi! - ma soggiungeva: - Però se fosse nostromo lui, sarebbe la fin del mondo! - Una sera, anzi, nella *camera* glie lo fece addirittura a lui, questo discorso, a Baciccia.

Le prime parole gli fecero alzare gli occhi da terra, le ultime glie li fecero ritornar bassi com'eran soliti stare, ed egli concluse come già ci aspettavamo che concludesse: - E.... *va bèn!*

Aveva sempre concluso così, nella vita!

E c'era tutta una leggenda in proposito, che lo precedeva a suon di risate dovunque andasse: e tra le risate ce n'erano di buone, ma anche di cattive.

Si raccontava, ad esempio, che, quando era stato dinanzi al sindaco, per sposare, questi si fosse dovuto accontentare del suo «E.... va bèn!» invece del tradizionale «Sì»; ma si assicurava poi anche ch'egli avesse ripetuto la medesima frase, modificandone soltanto il tono, quando, poche ore dopo, s'era accorto che la sposa non rendeva quel buon suono di coccio senza falle, suono al quale i mariti tengon tanto, in ispecie se la pentola non è piena d'oro! In sette anni di matrimonio, poi, gli eran nati in casa sette figlioli: a ogni viaggio finito, n'aveva trovato uno nuovo; l'ultimo viaggio era durato due anni: niente di male! Ne aveva trovati due. E tutti biondi come il farmacista. La leggenda voleva che egli avesse sempre detto: *E va bèn!* Nè una parola di più nè una parola di meno.

Da soldato di mare era stato un esempio di coraggio e di disciplina. Glie ne avevano fatte di tutti i colori i suoi indiavolati compagni, ma i superiori lo avevano sempre benvoluto. E stava proprio per finire la ferma senza aver fatto nemmeno un giorno di ferri, vero miracolo! quando, una domenica, nel golfo di Spezia, mentre stava affacciato alla murata del suo incrociatore ancorato, vide, a cento metri, un barchetto a vela pericolare in una virata un po' brusca, e imbarcare acqua, e abbattersi. Era di gennaio, faceva mare e soffiava una tramontana che tagliava la faccia: c'erano vicino a lui altri quattro o cinque marinai ed erano tutti vestiti a festa che aspettavano l'ora di andare a terra. - Bisogna mettere in mare la scialuppa! - grida uno. - Mettiamola! - risponde l'altro, e dànno mano.

Ma Baciccia in quel mentre è sparito. Dov'è, dove non è: finalmente uno lo vede, a cinquanta metri, che filava come un delfino, a salti, nero, tra la schiuma bianca. Il giorno dopo, l'ufficiale in seconda, che si picca d'essere oratore, è incaricato di radunare l'equipaggio in parata per un plauso solenne a Baciccia. Dopo un buon quarto d'ora di discorso, cioè sul più bello, ecco si vede Baciccia che volta le spalle e fa per andarsene; un *capo* lo trattiene per la giubba: - Non è mica finito! - Ma lui, di rimando, senza scomporsi:

- E va bèn: ma mi nu ne voegio ciù!

Proprio come si trattasse di una minestra troppo acquosa. Baciccia era in buona fede: poichè quel discorso era fatto per lui, credeva in coscienza di poter dire «basta» senza offendere nessuno.

Ma dieci o dodici risate scoppiarono: sopratutto i sorrisetti maliziosi dei colleghi imbestialirono l'oratore, che chiuse rapidamente il discorso, e poi mise ai ferri il festeggiato e una quindicina di compagni.

La leggenda risaliva ancora la sua aspra giovinezza di bastardo. C'era chi si ricordava d'esser stato presente al primo incontro di Baciccia con sua madre, la quale, vedendosi deprezzare la propria carne a causa dell'età, era venuta da Parigi al natìo Camogli per fare incetta di carne fresca.

S'erano incontrati a un tavolino del *Caffè Centrale*. Li aveva fatti incontrare là la vecchia levatrice che l'aveva raccolto e che poi era stata sempre la intermediaria tra quelle due creature che non si erano mai vedute: eppure erano madre e figlio! La madre, di tanto in tanto, aveva mandato alla *buna dona* dieci franchi in oro per il piccolo Baciccia, ed essa li aveva puntualmente passati al ragazzo. Quando la vecchia arrivò davanti al tavolino dov'era Baciccia, con quella gran signora tutta carica di brillanti, verniciata sul viso sulle mani sui capelli, impellicciata d'ermellino come una imperatrice, con un cappello che sembrava un bastimento a tutte vele spiegate, e disse: - Ecco tua madre! - Baciccia, che compiva quel giorno diciott'anni, e già a Marsiglia a Barcellona a Genova aveva avuto occasione di vedere roba simile, fece un certo verso storcendo la bocca, e poi disse, strascicandosi più del solito le parole:

- E.... vaa beèn!

- Qu'il est fort! - esclamò la madre esaminandolo con un'occhiata che lo fece arrossire. - *Joli garçon!* - aggiunse ancora la madre, e gli offrì delle sigarette egiziane in un astuccio d'argento dorato.

Baciccia lo respinse e volle pagar da bere e da fumare, lui. Poi, come sua madre si dilungava in patetiche frasi e sembrava volergli ricordare ch'essa aveva sempre cercato d'aiutarlo un poco, facendo anche qualche sacrifizio per lui, egli si ficcò la destra bruna incatramata e callosa sotto il suo grosso panciotto di velluto e ne cavò fuori un libretto della Cassa di Risparmio e disse alla madre:

- Quando sarai malata in qualche ospedale, e non ci sarà un cane che ti guarderà, ricordati che i tuoi quattrini che m'hai mandato son tutti qui.

La madre, che aveva già toccato il tavolino di ferro e il suo rametto di corallo e fatte le corna e sputatoci in mezzo, si alzò gridando:

- *Pòscite müì d'en aççidente!*

E così s'erano lasciati quel giorno; ed era la prima e anche l'ultima volta che si dovevan vedere nel mondo.

Perchè tre anni dopo, la profezia del figlio s'era avverata, e la madre, fatta memore dell'aiuto promessole, glie l'aveva mandato a chiedere con una lettera profumata e imbrattata di lacrime. Baciccia aveva spedito i denari. La madre, che non sapeva quanto valeva la parola di quel ragazzo, al ricevere il denaro, fu commossa e pianse d'un pianto che la stupì, tant'era nuovo per lei, e volle scrivergli un'altra lettera di otto pagine, dove le lacrime non si vedevano ma si sentivano nelle parole, e dove, sperando di ricompensarlo, gli comunicava una gran notizia che aveva saputo per un «vero miracolo» allora allora. Il padre di Baciccia non era morto niente affatto, come le si era voluto far credere, ma era vivo e verde non solo, ma anche ricco e senza figli: aveva delle fattorie nell'America del Sud e aveva anche la sua brava casa in città a La Plata in *calle 24 esquina 13.*

- *E va bèn!* - disse tra sè Baciccia. - Quando capiterò da quelle parti, andrò a vedere che faccia ha.

Da quando aveva detto queste parole, erano passati otto anni, e l'ultima lettera di sua madre, nella tasca interna del suo panciotto di velluto, era diventata un mazzetto di sedici fogliettini gialli e sbrindellati, legato accuratamente in croce con del refe nero. In quegli otto anni Baciccia era sbarcato tre volte alla Boca di Buenos Aires e tutte e tre le volte i compagni che sapevano la sua storia, gli avevano consigliato di prendere un giorno di permesso e fare una corsa a La Plata: infine, con sei *pesos* se la sarebbe cavata, andata e ritorno, e.... chi sa mai? Se andava male, era male di poco; ma se andava bene, si trattava di diventar un signore da un giorno all'altro!

Baciccia però non sapeva ragionar così da giocatore. Diceva: *E va bèn, gh'andièmo!* - ma poi, quando era il momento di cavarsi di saccoccia sei *pesos* per il biglietto, non se ne sentiva la forza, e ritornava a bordo, e buona notte!

- Se è destino, una volta o l'altra, capiterò anche a La Plata! - diceva.

E, infatti, un giorno, mentre divorava una pagnotta imbottita di pizza di ceci, in Piazza Banchi, senza che lo avesse affatto cercato, gli era capitato l'imbarco sulla nostra *Meleda*, brigantino a palo di millecento tonnellate, il quale faceva appunto primo scalo La Plata per scaricarvi cotonerie e feltri e caricarvi foraggi per Port Elizabeth.

E, adesso, la *Meleda*, con tutte le vele ammainate e il tricolore al vento, tirata ora da un lato, ora dall'altro, ora dinanzi, da un vaporetto più ostinato che robusto, il quale pareva dire soffiando: «chi la dura la vince», faceva il suo ingresso nel superbo e deserto porto dell'Ensenada.

Era il giorno dell'Epifania, il cuore dell'estate australe, e sembrava che il sole fosse cascato sulla coperta per il caldo che faceva; e dal cassero, quell'aborto di metropoli che è la città di La Plata, tremava tutto ai nostri occhi, rovente nella fiamma del sole, disteso sull'orlo della Pampa bruciata, dove da trent'anni sta, aspettando che i suoi atenei, i suoi osservatori, le sue biblioteche, i suoi palazzi, e sopratutto il suo immenso porto, vanto di costruttori italiani, gli servano a qualche cosa.

E, poichè la terra è sempre terra, la gioia correva come grappa per il sangue di tutti, imboccando il canale che parte in due la selvatica isola di Santiago. Aggrappati ai pennoni del trinchetto e della maestra e sparsi su per l'altre vele minori a finir d'ammainarle, uomini e ragazzi cantavano in coro; e, a quel concerto insolito, l'unico abitatore dell'isola, il buon oste italico Pietro, che si incoccia a chiamar Chianti tutto il vino che ha in cantina, era sbucato sulla riva, presso il suo minuscolo imbarcadero, per veder che razza di gente arrivava. Il capitano ed io, da vecchi suoi amici, prima ancora ch'ei ci ravvisasse guardandoci di dentro le sue due mani messe sugli occhi a binocolo, gli avevamo gridato un: "Evviva Pietro!!" da farlo cascare in terra.

Aspettare i comodi della Capitaneria, attraccare, regolare i conti con la Dogana, e, per di più, in giorno festivo: ecco l'ora di cena.

Dopo cena i marinai si ripuliscono un poco, si mettono i loro abiti scuri, e coi berretti in mano, vengono a chiedere dei piccoli acconti di paga per andare a spenderli in terra. Il capitano con un sacchetto di monete alla mano dà, secondo i desiderî e il possibile, e segna col lapis le cifre sopra un piccolo registro lungo e stretto, nuovo nuovo. Ultimo viene Baciccia.

- Quanto?

- *Çinque liie, baccan.*

- *Çinque liie!!?* - gridò ridendo il capitano: - *Feè attensiun! cun tütti sti dinèe in ta stacca!*

- *Lo fa pelchè la paga ce la vól lascia' a noi, pel mancia!* - fece il nostromo, con animo incerto, tra lo scherno e l'invidia: - *Domani è 'n signore lui!*

Alludeva al ritrovamento del padre, che per sessantotto giorni di navigazione era stato l'argomento preferito delle chiacchiere di bordo.

- *No ghe vadu, stasséia,* - disse Baciccia scrollando le spalle - *no ghe n'ho voeggia!*

- Badate a quel che fate! - disse il capitano serio serio: - dopo quindici giorni di libeccio, proprio stamattina a sei ore si mette scirocco! per lasciarci entrare oggi, dunque! Il giorno della Befana! E volete un segno più bello di questo?! Non c'è dubbio! questa è la Befana che vi vuol bene, e ha preparato tutto in modo e maniera....

- La Befana! - disse senza ridere Baciccia. - Non m'ha mai portato niente a me, nemmeno quand'ero bambino....

- Tanto meglio! - tonò il capitano. - La vi porterà tutto in una volta.

Baciccia scrollò le spalle ancora.

Ma quando tutti se ne furono andati, in un momento che il nostromo non lo poteva vedere, scivolò giù quatto quatto per la *plancia* e andò verso la città la quale accendeva allora i suoi lumi bianchi sull'incendio lasciato dal sole. E un'ora dopo aveva trovato la casa indicata dalla madre: non solo, ma era anche entrato a comprare un po' di treccia di tabacco nell'*almaçen* di faccia, per assicurarsi che nel frattempo la casa non avesse cambiato padrone. E non l'aveva cambiato infatti: l'antico amante di sua madre era soltanto arricchito sempre di più, perchè era una fibra d'acciaio, un uomo che a cinquantanni dormiva forse cinque ore per notte e stava in sella quindici, *como un verdadero ijo del pais!* L'*almaçenero*, un argentino di padre svizzero, che si ostinava a fingere di non capire l'italiano, se ne dimostrava addirittura entusiasta, sopratutto perchè quel signorone si serviva da lui e non nell'*almaçen* vicino che era "d'uno sporco napoletano". E pretendeva che questa cosa facesse piacere anche a Baciccia; ma Baciccia, pur non intendendosi di nazionalismo, lo sguardava con la sua faccia larga e dura, che sembrava un Budda scolpito nel legno.

Un trottorellar sordo di cavalli sulla spessa polvere della strada, un discorrere e ridere alla pretta maniera argentina, un cigolare di portoncino che s'apriva e una voce di vecchia che salutava ossequiosa, fecero esclamare pomposamente all'*almaçenero*:

- Eccolo! È lui! Non si sbaglia! È lui che ritorna dal *rancho*!

Baciccia scese sul marciapiede, e masticando un pezzo della sua treccia di tabacco guardava la faccia di chi l'aveva creato, alla luce che usciva dal portoncino della casa. Quella faccia rossa e solida, dal pelo brizzolato, dalla bocca larga e sempre pronta a spalancarsi al riso, non gli restò simpatica. Chi sa? Forse non gli sembrava che dovesse rider tanto chi lo aveva messo al mondo.

Tutti scesero di cavallo.

- Vedete quanta gente invita a pranzo tutte le sere? - disse l'*almaçenero* entusiasmato. Non ha figli: bisogna pure che li spenda in qualche modo i suoi quattrini!

Ma ora il padre di Baciccia non rideva più: s'era imbestialito perchè il suo stalliere non era lì a portar le bestie a riposare, che erano stracche morte.

- Gli è successa una disgrazia.... una disgrazia!... - cercava di dire la vecchia negli intermezzi dei suo rumoroso furore.

- Che disgrazia? - dimandò a un tratto il padrone, avendo finalmente compreso le parole della vecchia. - Ha rovinato qualche bestia quel maledetto camogliese? che si possano sprofondare quanti ne vive! Gli sfondo la pancia con un calcio io, se m'ha rovinato qualche bestia!

Baciccia che, passetto passetto, masticando sempre il suo tabacco, s'era avvicinato ai cavalli, non osservato, sentì bene che tutto, dentro, fin anche le budella, gli parteggiavano per quel povero ignoto compaesano suo, nato e restato povero come lui, contro quel cane rinnegato che, non contento d'avergli disonorato la madre, ora gli offendeva anche la sua patria.

- No! No! - disse la vecchia. - Non ha rovinato nessuna bestia, per fortuna.... È successo che la sua bambina....

- Che?

- .... la sua bambina vuol camminare per forza, e non sa, ancora, e c'era il pajolo dei maccheroni che bolliva, che oggi è festa.... e lei c'è cascata dentro!

- Aàh! - fece il padrone rivolgendosi agli amici che l'aspettavano sulla soglia della casa, con una franca risata da gorilla. - Si lamenta sempre, *este gringo de mierda*, che non ha carne da mettere al fuoco! Oggi, perdio! avrà fatto un buon brodo!

Era pretto spirito delle Pampas, e convengo che bisogni essere stati laggiù per credere il gran ridere che scoppiò in tutti a quella infernale arguzia.

Ma durò poco.

Chè non ebbe appena finita l'ultima parola il vecchio, un occhio gli fu coperto da un biascicotto nero e gocciolante.

Baciccia gli aveva sputato in faccia il suo tabacco.

Il vecchio si voltò come una iena: si guardarono per un attimo dentro gli occhi.

Ma prima ancora che la gente capisse che cos'era accaduto, il vecchio aveva già spaccato una guancia di Baciccia con un colpo di *revenje*.

Baciccia gli attanagliò la nuca e con la destra gli strinse la canna della gola. Il vecchio si levò una rivoltella dalla cintola e cominciò a sparar colpi nel ventre di Baciccia.

Allora la gente che stava per dar manforte al vecchio, si riparò come potè: e padre e figlio si rotolarono nella polvere fin sotto le zampe dei cavalli, lasciando una gran striscia di sangue; e i cavalli si impennarono, montandosi sulle groppe l'un l'altro, e nitrendo, e mostrando il bianco degli occhi, e pestando quei due poveri corpi, finchè furono qualche cosa di inseparabile fatto di carne e di polvere.

«ITALIEN, LIEBE, BLUT...!»

(romanzo tedesco rimasto a mezzo per merito mio).

La conoscenza ce la fece fare il signor Pigia-pigia.

Sapete chi è. E saprete anche che lui non si preoccupa di formalità. Pieno di semplice buon cuore, se vi scorge solitario e truce in mezzo a qualche folla che aspetta e puzza, conficcato là in quel fango vivo come un malcapitato bolide memore dei cieli abbandonati, ecco vi piglia e, così, senza preamboli, vi scaraventa addosso a una donna; per di dietro, per davanti, come capita capita. Novanta volte su cento avviene un miracolo. Voi sentite immediatamente che il vostro destino dipende da quella donna; quella donna sente subito che voi siete fatto per lei.... Che appena ella si alzi sulla punta dei piedi, consentendo ad appoggiare i suoi due gomiti sulle vostre due mani aperte, ecco sembrerà a lei e a voi di volare per gli spazi infiniti, stretti sulla groppa di un fido ippogrifo. Il puzzo della folla? - odor d'ambrosia! Le gomitate? - farfalle che vi cozzano volando! Le ore? - minuti!...

Questo accadde quando il signor Pigia-pigia ebbe il gentile pensiero di presentarmi a *fräulein* Zita K., a ridosso della facciata di Santa Maria del Fiore, un'ora prima del rinomato Scoppio del Carro, la mattina di Sabato Santo del 1900.

- Roba vecchia?

- Roba vecchia. Pur troppo! La roba nuova è tutta da piangere.

E c'è passata molt'acqua su queste mie ragazzate, e torba assai! Ho paura di non mi ricordare. Racconterò a salti e a capriole. Ma insomma, la storia è così terribile che rabbrividirete lo stesso.

Zita era magra, ma senz'ossa: una grande capigliatura d'oro che le pesava sul collo; un paio d'occhi verdi verdi e grandi grandi.... Ce n'era d'avanzo per i miei diciott'anni.

A proposito degli occhi, vi dirò che mi servirono per farle un delizioso madrigale appena, dopo il primo scontro un po' rude, il signor Pigia-pigia ci permise di passare.... dai fatti alle parole.

- Avete degli occhi magnifici! - le dissi.

- Occhi di Sfinge, occhi fatali! - fece lei con un'aria tra ironica e impenetrabile.

- No! - esclamai io con profonda convinzione. - Ma che Sfinge d'Egitto? Domandate al primo ferroviere che vi capita che cosa vuol dire occhio verde: *Via libera!*

Se i posteri vorranno valersi di questo esempio per dimostrare che io non sono mai stato poeta, facciano pure.

Ammesso però che lo scopo dei madrigali non sia di piacere ai posteri, ma di far breccia nel cuor della donna desiderata, quel mio madrigale vale almeno quattro canzonieri a scelta vostra tra gli infiniti che la nostra amorosissima letteratura vanta e vanterà sempre mai.

La breccia fu anzi così fulminea, così travolgente, così larga, che questa storia non meriterebbe la pena d'esser raccontata.... se il diavolo non ci avesse messo la coda.

Fraulein Zita non era sola.

Mi presentò infatti un complesso di molta carne e di molte ossa mal assestate, una specie di abbozzo vivo, al quale non diedi lì per lì nessunissima importanza.

- Mia sorella maggiore.

- Tanto piacere. - E continuai ad esercitare la mia pressione sulla sorella minore.

Ma, ahimè! passò ben poco tempo che io dovetti persuadermi della assoluta impossibilità di fare come se quello strano animale non esistesse.

Nè crediate che, nella sua doppia qualità di sorella maggiore di età e di peso, intervenisse per temperare i nascenti perigliosi fremiti d'amore nel cuoricino di Zita, o per imbrigliare un po' i miei balzani diciott'anni. Mai più!

Lo strano animale mi *studiava*, semplicemente.

Ma mi studiava come san studiare due occhi tedeschi muniti d'occhiali. Vi giuro che se mi avessero preso e messo in cima al Carro, al posto della girandola, con l'obbligo di far all'amore lassù, gli sguardi di quelle diecimila persone mi avrebber dato meno impaccio che non quel solo paio di occhiali di Lipsia.

E meno male se si fosse accontentata di guardare dal suo posto come uno spettatore di teatro che voglia spender bene i suoi quattrini.

Ma che! I suoi propositi erano ben altrimenti seri e scientifici. Non una sola mia paroletta breve, non un solo trascorrer rapido di dita, non un solo commosso avanzar di piede doveva a nessun costo sfuggirle: nulla. *Assolutamente nulla.*

Figuratevi un po' voi che daffare!

Per esempio, per *lo studio* dei piedi e delle mani, ogni due minuti almeno era costretta a farsi cadere in terra qualche cosa. Súbito io ne approfittavo per sussurrare ebbre roventi parole alle pallide orecchie di Zita, vere adorabili conchigliette!... Ma quasi altrettanto súbito quella specie di enorme rospo, acculato tra le nostre gambe, balzava su contro il mio naso.

Qualche volta però non arrivava in tempo a capire i miei sospiri d'amore. In questi casi, si comportava nel seguente modo: avvicinava il suo testone alle trecce d'oro della mia Zita e aveva il coraggio veramente tedesco di chiederle che cosa le avessi detto.

Incredibile, ma vero: la mia Zita, le traduceva prontamente e fedelmente in tedesco il mio ardente francese!

Che pensare?

Spesso il grosso rospo spingeva la sua inaudita tedescaggine fino ad annotare le frasi, secondo lei, più interessanti, sopra un suo taccuino grosso come una Filotea!

Io, a questa vista, mi sentivo, dentro, l'anima ruggire come un intero serraglio in fiamme.

Ma bastava che la mia Zita girasse dolcemente il capo sul fragile collo e mi guardasse con que' suoi occhi da Sfinge.... io ci vedevo subito scritto *Via libera*, e non pensavo più ad altro.

Tuttavia, ci fu un momento in cui sentii che sarei scoppiato se non mi permettevo un piccolo sfogo; e allora, avvicinata la bocca fin quasi a baciarle l'orecchio, rantolai con una serietà impressionante:

- Io ammazzerò vostra sorella.

Il rospo, che stava appuntando chi sa che cosa sul suo taccuino, si precipitò sull'altro orecchio di Zita per sapere che cosa avevo detto.

- *Nichts, nichts!* - ripeteva Zita rossa come una fiamma.

- Come niente?

- Niente insomma, noiosa! - ribattè Zita drizzando il collo come una viperetta. Le mie scarse nozioni di tedesco mi permisero di comprendere che le due sorelle leticavano come due lavandaie di Lipsia.

Grato a Zita di questa prima prova d'amore, ma nel medesimo tempo impensierito un poco di vedermi preso da lei così sul serio nella mia qualità di aspirante omicida, stavo assai in forse su quel che mi convenisse fare o dire.

Sapete chi mi venne in aiuto? Che cuor d'oro! Non l'indovinate?... Ma sempre lui! Il signor Pigia-pigia!

Chi sa come, chi sa perchè, ma certo è che proprio in questo difficile momento, io e Zita vedemmo un qualche cosa, rosso di pelo, piombare con inaudita violenza sulla schiena robusta della nostra avversaria, facendole volar via di colpo quei maledettissimi occhiali di Lipsia.

Il primo a ridere naturalmente fui io. Ma fu question di minuti secondi, chè Zita dovette anche scoppiare a ridere, e poi il sorellone, e poi il bolide di pelo rosso, e finalmente tutti. Torno torno, per un raggio di cinque o sei metri, non fu altro che un abbaiar di risa.

Dopo le risa i commenti:

- Grazie! quello si credeva di ppasseggiare su per la facciata d'idDomo come se la fosse a giacere!

- Sorte ch'egli ha messo i' nnaso su i' ttenero n'i'ccascare!

- La signorina l'aspettava lo scoppio dinanzi, e la l'ha avuto di dietro!

- *Ja! Ja! Ja!* - faceva il sorellone.

E giù nuove risate a scroscio.

Tutto, assolutamente tutto sarebbe andato benissimo, se quel qualche cosa rosso di pelo, se quel bolide di pelo rosso, non fosse stato, oltre che acrobata e poeta, anche un carissimo amico mio.

Mi spiego.

Una persona qualunque, capitata giù, così, dalla facciata del Duomo, ritrovandosi senza rotture d'ossa sulla groppa di una creatura di sesso femminino, avrebbe súbito avuta la netta visione del suo dovere: far la corte a quella donna, prescindendo da qualsiasi criterio d'estetica, farle la corte ad ogni costo: per riconoscenza. Non vi pare? Io avrei eternato nei miei scritti il suo eroismo per ricompensarlo di avermi reso felice.

Ma quello, ripeto, era un amico carissimo.

Un amico carissimo non può accontentarsi di fare ciò che farebbe una persona qualunque.

E infatti, dedicati non più di cinque minuti alle facezie d'occasione, l'amico carissimo si innamorò perdutamente di Zita.

Io, che lo conoscevo da un pezzo, appena lo vidi diventar serio e buio, dissi tra me: "Ahi! l'amico punta su Zita". Improvvisai una serie di manovre per fargli capire che Zita era roba mia e guai a chi me la toccava; ma sì! quello apparteneva alla categoria degli epilettoidi in amore. E chi lo fermava più?

Di buio si fece cupo; di cupo, torvo; di torvo, truce, e ringhioso, e ispido come un gatto pestato.

Quando il Carro scoppiò, eravamo rivali.

Ed eccoci di colpo trasportati dalla più lieta commedia, alla più fosca tragedia.

Era di maggio. Tutta Firenze odorava di rose e di donne.

La gente posata trovava che, le giornate umide, le fogne puzzavano, che certe vuotature non avrebbero dovuto chiamarsi "inodore" ecc., ecc.; ma per noi ragazzi vi giuro che Firenze odorava tutta di rose e di donne, soltanto di rose e di donne, nient'altro che di rose e di donne.

Dopo una corsa artistico-storica a Pisa, le due sorelle teutone erano ritornate a Firenze....

Cioè: adagio!

Voi mi domanderete certamente perchè, innamorato com'ero di Zita, non l'avessi accompagnata a Pisa. Ebbene: allora torno volentieri un passo addietro e ve lo dico subito.

A Pisa le sorelle K. dovevano incontrare un grosso branco di connazionali che risaliva l'Italia a marce forzate, al quale branco appartenevano non so quante loro cugine e zie e zii che non desideravo di vedere. Ma tre giorni soltanto erano scorsi, quando il postino mi consegnò una lettera che odorava di lei.

"Ils sont passés, semblables à une orage d'été. Combien de bruit, mon cher ami!... Oh! qu'elle est aimable cette petite ville fleurie en silence à coté d'un Camposanto.... Mais.... que je suis seule ici!............

Dodici puntini oltre il punto esclamativo.

Non c'era altro che pigliare il treno.

E infatti tre ore dopo mi trovavo già comodamente disteso in uno scompartimento di terza classe col mio bravo biglietto per Pisa infilato nella fascia del cappello e in bocca due sigarette accese.... Due, sì: nient'altro che un innocente ed economico sistema che allora adottavo per *epater le détestable bourgeois*. Avevo fatto fabbricare un bocchino apposito, a doppiere, una maraviglia del genere, che non avrei prestato per un'ora neppure a Dante Alighieri.

E questo non era niente: ne avevo in cantiere un altro a cinque bocche da fuoco, signori miei! destinato a far epoca negli annali studenteschi fiorentini.... Ma, per carità, non complichiamo le cose. La storia del mio bocchino a cinque fuochi ve la racconterò un'altra volta.

Fumavo dunque ancora le mie due sigarette, anzi non le fumavo più perchè erano finite, ma tenevo ancora il mio prezioso bocchino tra i denti, quando un'interna voce mi spinse di corsa verso l'estremità del carrozzone.

- "Occupato!"

- Accidenti!

E dopo un quarto d'ora di questi "accidenti" finalmente l'uscio si apre. Chi vien fuori? L'amico di pelo rosso.

- Eh?! Dove vai?

- A Pisa! e tu?

- A Pisa.

- Sarebbe ora di finirla di far l'imbecille!

- Mi pare anche a me!

Vola uno schiaffo. Ne volano due. Ne volano tre. Mi sento afferrare il bocchino. Stringo i denti. Ma i denti non son mai stati il mio forte; ed ecco il prezioso arnese vola dal finestrino insieme con mezzo dente.

Allora non ci vidi più. Una grandinata di pugni cadde vindice sulla rossa capigliatura del rivale. Lui, fedele alla sua scuola di pugilato che consisteva nell'attaccarsi sempre a qualche cosa di prezioso, s'attaccò a una magnifica camicia di seta cruda, uscita allora allora da una bottega di via Tornabuoni: una camicia che m'era costata un occhio, ma v'assicuro che spirava voluttà lontano un miglio!

Io, súbito accortomi della nuova minaccia ai miei averi, cambiai di botto piano di battaglia, e mi accinsi ad attanagliare il collo dell'acrobata poeta, intendendo di non lasciarlo finchè lui non lasciasse la camicia. Ma, ahimè! Non ebbi tempo di mettere in atto il mio piano, che un enorme capotreno accorse a separarci; e lo fece con così robusta grazia, che un buon quarto della mia camicia passò alla parte avversaria. Voi capite bene che una camicia non è un esercito: i tre quarti rimastimi fedeli non potevano consolarmi di quel quarto traditore.

Il naso del mio rivale colava sangue come il polso di Seneca filosofo. Se non che, non avendo egli avuto l'accortezza di spogliarsi e di mettersi in un bagno prima che io gli rompessi il naso, così era tutto imbrattato di sangue come un beccaio la sera del venerdì.

Fummo allontanati.

Ma alla stazione di Pontedera ci trovammo ancora vicini. Avevamo tutti e due riconosciuto la necessità di fermarci in un porto intermedio come fanno le navi *in avaria*.

Ci guardammo con profonda compassione.

L'amico, con un'aria assai più poetica che acrobatica, mi si avvicinò e mi disse:

- Del resto, se andavo a Pisa non ci andavo senza essere invitato....

E così dicendo mi mise sotto il naso un cartoncino cilestrino.

Mi bastò gettarvi sopra un'occhiata per scoppiare a ridere; ma a ridere! a ridere in un modo, che tutta la stazione si fermò a guardarmi. Lì per lì dovettero credere che avessi le convulsioni. Poi capirono che ridevo; e, a veder due, conciati in quel modo, tutti ammaccature e strappi, uno serio come un allocco, l'altro che si ruzzolava per tutte le panche, a quanti passavano gli s'attaccava il riso: sì che ridevano tutti come matti senza sapere il perchè.

L'amico rosso era al vertice del furore.

Ma non batteva ciglio per paura di far ridere di più.

Finalmente mi fece troppa compassione.

Allora mi alzai, gli infilai il mio braccio destro nel suo sinistro, lo trascinai fuori della tettoia e là misi senz'altro sotto al suo povero naso ammaccato il cartoncino mio, altrettanto cilestrino, altrettanto profumato, altrettanto scritto di pugno della bella Zita.

- È una circolare!! - stridè lui, digrignando i denti.

Ma quando mi guardò in faccia non potè più star serio.

Ci abbracciammo e ballammo un bel pezzo, come due orsi. E ballando così, saltammo sul treno che partiva per Firenze. E durante tutto il viaggio rompemmo l'apparato uditivo del prossimo cantando in coro:

/* Sì vendetta, tremenda vendetta Di quest'anima solo desìo! */

Quella Gota, quell'Ostrogota, quell'Unna aveva avuto la caponaggine di credere di potere impunemente prendere per il bavero due tra i migliori esemplari della razza latina!

E intanto era già riuscita a farci fare a pugni! Ma....

/* Sì vendetta, tremenda vendetta Di quest'anima solo desìo! Come un fulmin scagliato da Dio Gigi e Fico punir ti sapran! */

Del non essere andati a Pisa incolpammo, lui la filologia, io l'anatomia, credendo che per una donna tedesca fossero scuse buone.

Ma Zita ci scrisse assai mesta e un poco indignata.... in doppia copia.

E noi incominciammo a fabbricare quotidiane lettere piene d'un ardore sempre più ardente, alle quali Zita rispose con quotidiano crescendo di passione.... in doppia copia.

Leggendoci ogni sera questi duplicati amorosi, io e il mio rosso amico pregustavamo il refrigerio della vendetta.

E venne alla fine il giorno in cui, compiti scrupolosamente a Pisa i loro doveri di compaesane di Burkhardt e di Bädeker, le due brave sorelle ritornarono, come dissi, a Firenze.

Il primo incontro toccò a me; sia perchè l'amico Fico conservava una ammaccatura pochissimo estetica sul naso, e non aveva fretta di mostrarsi, sia perchè io dovevo condurle a vedere un certo maraviglioso luoghetto di campagna dove, per il buon esito dei nostri piani, desideravamo che esse andassero ad abitare.

Già nelle mie lettere avevo levato inni alla virgiliana poesia, al fatato incanto di quel luogo. Cosicchè la prima cosa che mi chiesero, appena scese dal treno, fu di condurle a veder la mia Torraccia.

Questa famosa Torraccia (tre stanzette di pietra una sull'altra) sperduta là tra gli oliveti di San Miniato, era stata, fino a pochi giorni prima, fienile d'un cascinale vicino; ma noi l'avevamo in fretta ripulita e ammobiliata alla meglio, fidando nel romanticismo di razza che doveva trionfare, e trionfò.

Appena la videro di fuori le due K. esclamarono estasiate:

- Ci avete trovato la casa ideale!

E dentro lo stesso: tutto bello, tutto bello! Fu deciso: salotto al pian terreno; al secondo piano camera della signorina Carlotta; al terzo piano camera di Zita.

- Sì! sì! sì! - strillò Zita. - Io su in cima tra i nidi delle rondini! Ogni alba sarò incoronata di canti!

A questo punto proprio, il ventre di Brockhaus....

Oh! scusate! M'ero dimenticato di dirvi che il sorellone si chiamava bensì Carlotta, ma le avevamo decretato il soprannome di Brockhaus perchè la trovavamo somigliantissima al celebre editore di Lipsia. Come facessimo poi a trovarla così somigliante senza sapere affatto che faccia avesse quel signore, non ve lo saprei dire: ma certo è che la trovavamo somigliantissima.

Dunque.... il ventre di Brockhaus, dicevo, osò, proprio in quel sublime istante, profanare la poesia di Zita osservando in tono minore:

- Come si fa a mangiare qua dentro?

Zita schizzò sdegnosissime parole alemanne; ma io, come colui che aveva pensato a tutto, condussi subito con me Brockhaus sulla non lontana via maestra, dentro una di quelle tutte linde e odorose e saporose trattoriole de' dintorni di Firenze, dove ho tanto lietamente amato e bevuto spolpando pollastri e sognando la Gloria!

Il padrone, già d'accordo, accettò súbito di fornire pranzi e cene alle nuove abitatrici della Torraccia.

Il prezzo mite, quel buon odor di salame, quella piramide di fiaschi in mezzo alla bottega fecero a Brockhaus l'identico effetto che le rondini avevano fatto a Zita.

E io dicevo dentro di me a tutte e due: "Ballate, ballate, ostrogote mie! Se sapeste che cosa bolle nella nostra pentola!"

Vollero sistemarsi là dentro quel giorno stesso.

Quando, alle dieci di sera, dopo aver faticato per quattro facchini, volli prender commiato da loro, Zita m'accompagnò per il viottolo tra gli olivi.

- Cattivo! - mi disse a bruciapelo. - In tutta la giornata non mi hai detto una sola parola d'amore.

- Te la direi volentieri adesso, se non fossi troppo sudato - risposi cavallerescamente.

- Mio povero uccello! Hai molto faticato, è vero, a fabbricare il nido della tua bella?

Che volete? a sentirmi chiamare in quel modo non mi potei più trattenere....

Incollai la mia bocca alla sua per un buon quarto d'ora.

Come non pensare a Brockhaus? "Peccato che non sia qui adesso, dicevo tra me, chi sa che belle cose potrebbe scrivere sul suo taccuino!..."

Oh! per Bacco! voi non mi crederete. Brockhaus era proprio là a dieci passi da noi! Vidi i suoi occhiali, i suoi occhiali di Lipsia! brillare nell'ombra. Forse vi si specchiava senza saperlo, poverina, qualche maravigliosa stella del cielo.

Appena Zita s'avvide che io avevo scorto l'animale appiattato, s'affrettò a stringermi più forte e mi sussurrò:

- Non badare a lei, è pazza per il suo colossale romanzo d'amore.

- Romanzo d'amore?!

- Sì: tutto d'amore!

- Ah! finalmente capisco!... e siccome non può procurarsi un'esperienza personale perchè è troppo brutta....

Queste parole le gridai così forte che gli occhiali si spensero; e nella notte brillarono solo i verdi occhi di Zita.

Via libera!

Misurando con passo trionfale il silenzio del deserto lungarno, nella gran notte stellata, per andare verso la casa dell'amico Fico, che m'aspettava certo da qualche ora, vi confesso che sentivo una gran voglia di svoltare verso casa mia, o meglio ancora di tornarmene a baciar Zita.

Un solenne patto d'alleanza mi legava all'amico: questo è vero. Ma, poffare! si erano pur verificati dei fatti nuovi!

Intanto, qualche cosa di solenne era avvenuto anche tra me e Zita...! E poi: quella rivelazione del colossale romanzo di Brockhaus, non aveva forse un'importanza di prim'ordine per spiegare tutto l'inesplicabile della condotta di Zita? La verità era chiara. La povera piccola fata dagli occhi verdi era nè più nè meno che un trastullo nelle mani della strega Brockhaus. Questa l'aveva spinta nel tristo doppio gioco d'amore, sperando di poter scrivere chi sa quali stupide pagine sulla classica gelosia degli italiani....

E allora? dov'era la colpa della povera Zita? Non era forse piuttosto una vittima deliziosissima degna di compianto, e specialmente di baci?...

Ma per compiangerla e baciarla sentivo proprio, in coscienza, di bastar da solo!...

Mentre ragionavo tuttavia così, il sordo dovere m'aveva condotto al muricciolo del giardino dell'amico. Che ti vedo dentro, al chiaro d'un po' di luna nata allora? Ti vedo l'amico occupato a far capriole in giro.

Per quanto acrobata fosse, quelle capriole fatte così da solo a mezzanotte, mi diedero un po' di pensiero.

- Oh! Fico! sei ammattito?

- Altro che ammattito! vien dentro.

Entro; e vedo che le capriole le faceva attorno a una specie d'ara di coccio, verniciato a marmo, imitazione "Signa"; cioè imitazione di una imitazione romana, che, secondo lui, bastava a fare del suo giardinetto di via Scialoia un luogo di delizie imperiali.

- Ma che fai?

- Fa subito quattro capriole anche tu. Bisogna render grazie agli Dei!

- Ben volentieri, ma io non le so fare.

- E tu scaraventati in terra a capo fitto, scopriti il sedere, grida Evoè!

- Si potrebbe sapere che cosa è accaduto?

- È accaduto che da domani incomincia la nostra vendetta.

- Ah sì?

- Leggi qua. Questa lettera: non è di quelle che lascian dubbi: è di quelle che dicono «ti voglio, ti voglio, ti voglio, son tua: carne, ossa, midollo spinale, rigaglie.... tutto, tutto, tutto!».

       Domani è la mia festa!
       Domani è la mia festa!

(E giù capriole.)

Hai letto? Hai letto?... Rabbrividisci eh? Ma è inutile rabbrividire, mio giovane amico! Bisogna riconoscere che il pelo rosso è il re dei peli: ecco tutto. Ah! che peccato che non sia rosso anche tu! In ventiquattr'ore la nostra vendetta sarebbe fatta. Invece tu, povero mortale dai ricciolini castani, ci metterai tre settimane per arrivare dove io arriverò domani sera!... Me ne duole sinceramente per l'estetica della nostra vendetta! Certo era magnifico, era latino, simbolico, cesareo che la rea barbara fosse piegata ad ambe le nostre voglie in una sola notte, ricevendo la dimane il nostro cumulativo biglietto di ringraziamento, secondo i sottili disegni da noi architettati....

Ma ahimè! come si fa? I disegni sono una cosa: la realtà è un'altra.... Si potrebbe stare ai disegni se si trattasse, a mo' d'esempio, di Brockhaus.... allora sì!... Ma si tratta di Zita, per Giove! di Zita, creatura di sogno! di Zita, fiore di carne! di Zita, veleno inebriante! di Zita, di Zita, di Zita, mio ricciuto amico! Come potrei farla aspettare, poich'ella brucia del desiderio di me?... Ah! no! assolutamente no! Nessun Gigi potrebbe pretendere tanto da un Fico!... e specialmente da un Fico di pelo rosso!... Tu ci metterai una settimana, ci metterai un mese, ci metterai un anno.... Io ti fo solenne giuro di favorire fraternamente i tuoi conati!

- Hai finito? - muggii io.

- Sì.

- Ebbene. Sta molto attento a quello che ti dico. Questa lettera non ha il minimo valore. È scritta, come vedi, alle ore tre pomeridiane di oggi, mentre io facevo il facchino per lei. Ma alle ore dieci pomeridiane dello stesso giorno, cioè due ore fa, quel medesimo facchino è diventato l'amante di Zita. Unito a lei ormai per la vita e per la morte, romperà inesorabilmente il naso a colui che osasse rompergli le scatole.

Detto questo, intascai la lettera, infilai il cancelletto, e sparvi nel buio.

Ma la mattina alle 7 ribussavo già alla camera dell'amico.

- Chi è?

- Aprimi. Son io....

- Dormo.

- Svegliati.

- In che qualità chiedi di entrare?

- Di verde messaggero della vendetta, amico mio. Fico immortale! Son successi fatti di una gravità spaventosa.

- Così presto? Mi pare impossibile....

- Insomma vuoi aprirmi sì o no. Vengo ad offrirti Zita.

- Non la voglio.

- Dimenticheresti forse che siamo legati da un patto solenne.

- Tu l'hai rotto.

- Come?

- Tu hai rotto il nostro patto solenne....

- E ti romperò anche l'uscio se non me l'apri immantinente.

L'uscio si aprì. Ma nell'istante medesimo l'amico con un magnifico volteggio era sparito oltre il letto, e là, armato d'un cantero pieno fino all'orlo, stava impavido aspettando l'assalto.

Quando vide che io prendevo tranquillamente una sedia e incominciavo con molta gravità ad esporre i fatti, depose il suo cantero, infilò una buffissima tunica cinese, due ciabatte turche, accese una sigaretta egiziana, e m'ascoltò.

Il colloquio durò forse cinquanta minuti come tutti i colloqui storici; ma in poche parole vi dirò tutto.

Quella notte l'avevo passata in piedi. Una notte da Otello. Infatti, alle sei della mattina m'aggiravo già tempestoso attorno alla Torraccia, la quale pareva dormire placidamente sotto la guardia de' suoi tre cipressi che la coprivan tutta ai miei feroci occhi.

Finalmente m'avventai come il toro.

Tenevo stretta in pugno la lettera infame: ero deciso se non proprio a strozzarla, a farle raccomandar ben bene l'anima a Dio.... che n'avrebbe avuto tanto bisogno!

Arrivo a corna sotto.

Porta aperta. E finestre spalancate!

- Ohei! Non c'è nessuno?

Una contadina che stava a far pulizia si sporse dal balconcino di Zita e mi gridò:

- Felice giorno, sor Luigi! Son ite a veder nascere i' ssole su a i' Mmont'alle Croci. A momenti arebber a tornare.

Entrai per aspettare. Ero stanco. La prima sedia che mi si presentò sotto, ci caddi a piombo. Ma appena sentii d'essermi seduto sopra un libro mi affrettai a sottrarlo all'involontario oltraggio. Non era un libro: era un grosso quaderno. Sopra c'era scritto:

ITALIEN, LIEBE, BLUT!

diario di una giovane inglese.

- Puah! - rantolai. - Ecco il romanzo di Brockhaus!...

Traduzione
di C. e Z. K.

C. e Z.?!... Come sarebbe a dire?... Collaborazione forse?

Oh! ma che! impossibile! Quello Z. doveva essere soltanto una tenerezza sororale, un delicato segno di gratitudine. Brockhaus voleva offrire così un poco della sua immortalità alla sciagurata sorellina che si prestava così gentilmente ai suoi esperimenti erotici.

La curiosità è una bella cosa; ma il tedesco, come sapete, è una cosa bruttissima. Perciò sfogliavo sì quel quaderno a due o tre pagine per volta, ma mi guardavo bene dal durar la molta fatica necessaria per capire.

Doveva trattarsi però di impressioni di viaggio.... che Dio ce ne scampi e liberi non solo in tedesco, ma in tutte le lingue del mondo!

Salto in mazzo una ventina di pagine, ed ecco mi schizza sul naso (per Dio!) la calligrafia di Zita.

Forse un qualche ricordo particolare di viaggio.... Altro che ricordo! era una professione di fede, un credo diabolico! La signorina diceva di sentirsi un qualche cosa di terribile, di freddo, come una lama, una voce che le gridava ad ogni passo: "In questa terra d'Italia tu lascerai passando una striscia di sangue!... Il destino di due uomini dipenderà da te!".

Brutta sbrindellona! Capite che roba? Vi piace l'idea di queste due tedesche che scendono in casa nostra a fare di così bei lavori, e poi li raccontano ai loro connazionali come memorie di una inglese?

Ora capivo. La descrizione di luoghi e di costumi, le meditazioni filosofico-storiche erano affidate alla penna di Brockhaus, ma la sostanza erotica era opera tutta di Zita! della mia dolce Zita, della mia fata dagli occhioni verdi! Bisognava leggere, per credere!... Mi rodevo di non capir tutto. Ma quel poco che capivo bastava per rivoltarmi il magone.

C'erano le mie lettere tradotte fedelmente; c'erano le famose frasi raccolte dal vigile taccuino di Brockhaus; c'erano certe vampate di desiderio per i miei riccioli, ma ce n'erano almeno altrettante per il pelo rosso del collega Fico....

Datato dal treno Pisa-Firenze, c'era questo mirabile pensiero di una vergine:

"Sì. Io sarò da tanto. Sì: questi due italiani si getteranno uno contro l'altro invasati di gelosia, si sbraneranno simili a cani aizzati! E che sarà la causa di questo? Per che cosa si saranno essi perduti, insanguinati?... Per un'anima gelida che non li ama, che non può amare!... per un corpo che altri avrà e non loro mai!...".

Questo era scritto il martedì sera.

Mercoledì, mentre io facevo il facchino per lei, nel cuore della vergine era sbocciata questa commovente errata-corrige al suo pensiero del giorno innanzi:

"No! No! No! Il ghiaccio della mia nativa Cornovaglia non regge all'incendio di questo sole d'Italia. Sono degli uomini anche nella mia brumosa patria, ma non sanno guardare come mi guarda questo!...

(*Questo* sarei stato io, modestia a parte.)

"Io brucio! Io brucio di vergogna come quando ero piccola, e debbo guardarmi addosso, credete! debbo palparmi, per esser ben sicura d'aver le mie vesti.... Ma è inutile! perchè sono certa che questi occhi vedono lo stesso, vedono la carne.... la mia carne nuda!... Ebbene sia! Sia! Getterò la mia carne viva a questi cani bramosi. L'avranno! Ma la pagheranno col loro stesso sangue. Lo giuro per le zolle sacre della mia patria!".

Se l'avessi avuta fra le mani in quel momento le avrei fatto volentieri un certo scherzo che è troppo sudicio per potersi raccontare.

Ma, tra propositi violenti, mi rifacevano anche capolino disegni di allegre vendette arzigogolate al modo de' nostri vecchi bizzarri fiorentini.

Voltai ancora pagina, così per fare, persuaso di trovarla bianca. Ma che! Altro che bianca! Era la più sporca di tutte. E non era una sola: eran dieci almeno, buttate giù calde calde, quella notte stessa. C'era tutta la faccenda della sera avanti, cari miei! ma come particolareggiata! ma come circonstanziata! che precisione! che miniatura!

E io che l'avevo creduta una creatura teneruccia nelle grosse mani della sorella, che l'avevo compatita per questo, che l'avevo amata, sì, amata, amata davvero in quell'ora dolce in cui m'era parsa tutta mia, tutta rifugiata in me come una piccola sorella sperduta in questo triste mondo, povera mendica d'amore come me, alla quale non avrei negato di difenderla e amarla anche tutta la vita, s'ella appena me lo avesse chiesto in quell'ora là!... Perchè, insomma, ero fatto così: ridevo ridevo; ma poi, in fondo, pigliavo tutto sul serio, tal quale come ora, che non rido più.

E voltai in fretta quelle miserabili pagine fino all'ultima. Qui c'era, tradotta in bel tedesco, la lettera che io tenevo ancora appallottolata nel pugno: la lettera all'amico rosso.

E c'erano due righe ancora che dicevano:

"M'ha risposto una sola parola; *adorabile!*... E verrà. Verrà folle di desiderio.... lo condurrò giù sotto le stelle, tra l'ombre pallide degli olivi.... fin là.... fin là.... dove iersera.... E glie lo dirò. Sì: gli dirò: *Qui! Qui è stato! qui l'amico tuo m'ha stretta.... m'ha soffocata.... e pronunciava il tuo nome.... e rideva di scherno....* Se gli dirò così, gli vedrò uscir dagli occhi fiamme rosse come i suoi capelli!...".

Era tempo. Rimisi il bel romanzo sulla sedia, ci strofinai sopra ben bene e con intenzione, quello che dianzi vi avevo strofinato per sbaglio; poi presi un pezzo di carta e ci scrissi con caratteri nervosissimi:

"Je sais tout. Mais il ne t'aura pas. S'il viendra ce soir, je le tuerai dans tes bras. Garde-toi".

E via di corsa dall'amico Fico.

Notte buia. Grandi cumuli soffusi di biancor lunare vanno veloci per il cielo nero. Gli olivi della Torraccia piangono stridono curvati senza dubbio dallo Spirito della Tragedia che s'aggira già furibondo.

L'ora è vicina.

Scocca.

L'amico impavido, ravvolto in un bruno mantello di suo nonno, si fa sotto il balconcino e chiama: - Zita.

Zita gli aveva mandato nel pomeriggio un teatrale biglietto avvertendolo della mia minaccia. Dire a un uomo: "Non venire, altrimenti rischi la vita" è come dirgli: "Vieni, altrimenti ti considero un vigliacco". Perciò Zita doveva esser più che certa che il mio rosso amico sarebbe venuto.

Infatti, ben nascosti tra gli olivi, noi l'avevamo veduta andare e venire per la sua cameretta, ora acconciarsi allo specchio, ora scarmigliarsi come presa da una sùbita disperazione, poi chiamare il sorellone, e leticarci sonoramente, poi aprire il balconcino e guardar giù e guardar su, e poi richiuderlo, e poi riaprirlo.

Ora, quando si sentì chiamare nella notte, io la vidi balzare atterrita. Forse, conoscendoci ancora così poco, non aveva potuto capire qual di noi due la chiamasse.

Alla seconda capì, e disse con un fil di voce:

- Sei tu!

- Sì! - rispose l'amico Fico. - Fuori non saremmo sicuri. Meglio ch'io salga. Ho tante cose da dirti.

Disse lei:

- No!!

Disse lui:

- Sì!! Serra bene le imposte, e scendi ad aprirmi!

Entrato l'amico, ci fu un gran scatenacciò. Poi un gran silenzio.

- A noi! - dissi palpando il mio bellissimo pugnale del Cinquecento.

C'era qualche preparativo da fare. Trascinare una balla di patate di sessanta chilogrammi sotto la Torraccia. Arrampicarsi su per il muro fino al secondo piano approfittando di certi radi pioli che v'erano piantati e tenendo in bocca il capo della fune a cui era legata la balla. Una volta entrati nello stretto balconcino di Zita, issare con la suddetta fune la suddetta balla, legandola sospesa fuor della balaustra.

E tutto questo fu fatto: nè una farfalla avrebbe più silenziosamente volato.

Oh!... mi dimenticavo di parlarvi di un certo barattoletto importantissimo! Ma non m'ero affatto dimenticato di portarlo su con me e di posarlo in un angolo prestabilito del balconcino di Zita.

Non avevo più niente da fare, fuorchè aspettare.

Ma questa proprio mi parve la faccenda più difficile.

Si ha un bell'essere amici! Si ha un bell'esser legati da un patto solenne; anzi, da due patti solenni!... ma quello star lì fuori al fresco, mentre l'altro stava dentro al caldo....

Eravamo d'accordo che io avrei aspettato lui per muovermi. Il quale *lui*, fatto comodamente il suo comodo, si sarebbe accostato alla finestra dicendo forte: "Vieni, Zita, raccontiamo la nostra gioia alle stelle, alle nubi, al vento!" e così dicendo avrebbe aperto di botto le imposte del balconcino.

Eravamo d'accordo così, è verissimo. Ma, per Bacco briaco! *est modus in rebus!*... Anche in quelle *rebus* lì, non vi pare?

E siccome il *modus* non ce lo metteva *lui*, ce lo misi io, stroncando mezza, la vecchia persiana con una tremenda spallata e gridando in gola, con voce micidialissima:

- Zita. Apri.

Quell'ora e mezza buona passata lì fuori, mi aveva portato al diapason della "montatura", nel senso teatrale della parola.

Immaginatevi come dovesse esser "montato" lui, l'ispido amico Fico, tirato giù così, a un tratto, senza preavviso da chi sa quale *rendez-vous* olimpico!

Lo sentii slanciarsi contro la finestra come una iena. Ebbi paura che dicesse davvero.

Zita gracchiava, nascosta dietro il letto. E aveva ragione di crepar di paura, perchè v'assicuro che quel nostro incontro avrebbe fatto paura anche a due guardie di pubblica sicurezza.

Che quadro! Le due candele sul cassettone fumavano al vento e gettavano bagliori sanguigni sui nostri pugnali. Stretti in un orribile abbraccio di morte, rotolammo fuori sul balconcino dicendocene di cotte e di crude.

- Ah vuoi scappare, vigliacco? - rantolai io.

Lui, per tutta risposta, mi porse il barattolo di cui ho parlato più sopra. Io ci intinsi risolutamente il pugnale che ne uscì rosso e gocciolante.

- Zita! - gridò con l'ultimo fil di voce l'amico; e se ne discese comodamente da quell'acrobata che era, giù per quei pioli che avevano servito a me per salire.

- Te l'ho spaccato il cuore, traditore! - gridai io allora, slegando il sacco delle patate.

Mi sentii stretto da due braccia fredde come anguille.

- Tu l'as tué....

- Sssss!...

Ah!... Il tonfo di quelle patate!

Indimenticabile!

Non ho mai visto attrici far così bene la loro parte!

Io stesso n'ebbi un brivido di terrore.

Figuratevi Zita!

- Nein! No! Pas! N'est pas vrai.... No!... Charlotten!

- Sssss! Tu sens: il ne bouge pas! - sussurrai con voce cavernosissima.

- No! Peut-être il vive! Bisogna discendere a lui...

- Inutile. È morto.

- No!

- Sì! Ho sentito benissimo il cuore sotto la punta del pugnale. Non ci sbagliamo noi italiani; abbiamo troppa pratica! È morto. È morto. È morto. Non ti resta che baciare il suo sangue.

E così dicendo le impiastrai tutta la faccia con l'inchiostro rosso del mio pugnale.

- Ah!... No, no, no, no! Anch'io voglio morire!

- Mi dispiace, ma io non posso proprio ammazzarti - le dissi con molta serietà - non ho tempo da perdere.

Non badò a quel che le dicevo. Si precipitò giù per la scaletta strillando:

- Charlotten! Charlotten! Charlotten!

E io dietro, che tra poco ruzzolavo le scale dal gran ridere a bocca chiusa.

- Charlotten! Charlotten! Charlotten!

Entriamo in camera. Non c'era.

Zita piangeva.... finalmente!

- Ma Carlotta, dunque! Dove ti sei nascosta? Siamo vili! Quell'uomo non è morto forse! possiamo ancora salvarlo! Carlotta!

Quelle parole, tedesche sì, ma una buona volta sincere, m'uccisero il riso nel cuore. Mi fecero, vi giuro, l'effetto che fece la musica di Sant'Ambrogio al Giusti. Pensai anch'io: Povera femminuccia gettata così per il mondo, in omaggio alle cretine idee fisse del Nord sull'emancipazione della fanciulla, mentre Dio sa quanto bisogno avresti d'una buona mamma e d'un buon babbo sempre vicini e vigili, che ti dessero lezioni un po' meno salate di questa che t'han dato due ragazzacci italiani!...

- Carlotta, rispondimi! - gridò ancora Zita battendo i piedi con una furia pazza.

E questa volta Carlotta rispose.

Ma.... giusti Numi!... da dove rispose!!

Si sa: la paura.... li fa certi effetti!... Ma in quel momento proprio, così denso di tragedia e di filosofia sociale, sentir venire quel flebile "ja" miagolato da là dentro.... Io m'ebb a buttar sul letto, rompendo, oltre ai bottoni dei pantaloni, chi sa quante molle, e ridere ridere ridere all'uso mio d'allora, a costo di rovinar tutto sul più bello.

Ma, per fortuna. Zita s'era già slanciata verso quel luogo riposto, a tirarne fuori la povera Brockhaus.

Le sentii correre giù, scatenacciar l'uscio, e uscir fuori insieme.

Per Bacco! Non c'era tempo da perdere davvero. Mi buttai a precipizio, varcai la soglia guardingo: quattro salti di lupo sull'erba, e fui nelle braccia dell'amico Fico, che stava già a godersi lo spettacolo seduto sulla groppa gobba d'un olivo.

Che vi debbo dire?

Ve le immaginate voi quelle due romanziere ansanti, bisbiglianti, tentennanti, che s'avvicinavano con un lumino a olio, facendo due passi avanti e uno indietro, e sussurrando di tratto in tratto il nome del mio amico.... ve le immaginate voi quando, finalmente, scorsero quel qualche cosa di nero in terra, quando lo toccarono finalmente, quando vi lessero sopra un bel cartello che diceva:

ITALIEN, LIEBE, BLUT!...
con contorno di patate.?...

L'AEROPLANO.

- La mamma non c'è in casa, - mi rispose una bambina di dieci anni, restando perplessa.

- Dunque è proprio impossibile vedere questa camera ammobiliata? - insistei io gettando una penosissima occhiata in fondo al pozzo delle scale. - Ritornare quassù.... al sesto piano!...

- Veramente ci sarebbe il babbo in casa....

- C'è il babbo?!... E allora perchè mi dici di ritornare? O il babbo o la mamma sarà lo stesso, m'immagino!

- Oh!... non è lo stesso.... Ma passi pure, se vuole....

La seguii per un lungo corridoio finchè entrammo in uno stanzone mezzo buio e mezzo illuminato, talmente zeppo d'ogni qualità di oggetti grandi e piccoli, antichi e moderni, comuni e rari, definibili e indefinibili, che una delle due finestre ne era per tre quarti seppellita, nè si apriva più da chi sa quanti anni, per la fortuna di un esercito di ragni che vi si era sicuramente attendato.

Di dietro a un cassone (sul quale torreggiava una fragile costruzione fatta di tasselli di legno, di stecche da busto, paglie di sigari virginia, molle d'orologio, padelline da candeliere, chiodi, tasti di pianoforte, corde di violino, munita di due grandi ali tese fatte con fil di ottone e pezzi di camìce vecchie) sbucò, al richiamo della bimba, una testa d'uomo.

Aveva.... Ma che serve descriverla? Era la testa di un padreterno; anzi, più precisamente, la testa di un padreterno del Perugino, cioè della più buona pasta di padreterni che i pittori abbian saputo creare.

- In che cosa posso avere l'onore di servirla? - domandò con un altissima intonazione diplomatica l'uomo padreterno. Uscendo di dietro il cassone per venirmi incontro, egli s'avvide di essere in mutande e stringendosi in fretta alla vita il lungo camice cenerino e arrossendo tra il soffice biancore del suo pelame: - Voglia scusarmi, - soggiunse, - l'inventore è un operaio!

- Ah.... perchè Lei.... è inventore?.... Mi rallegro tanto!

- Non lo sapeva?!

- Veramente....

- Allora, perchè è venuto, scusi?

- Per vedere la sua camera ammobiliata.

La fronte dell'inventore si corrugò terribilmente. Poi parve raccogliere tutta la sua volontà in uno sforzo supremo, e disse:

- Andiamo.

E andammo a vedere la camera ammobiliata. Era grande, c'era aria, sole, vista di un po' di verde: non desideravo di più.

- E.... quanto chiedono? - domandai.

Nuovo e più terribile aggrottamento di ciglia: poi una risposta esplosiva:

- Settanta lire.

- È un'esagerazione, - diss'io, uscendo dalla camera per andarmene. - Mi dispiace di averla incomodata.

La piccina colse il momento per avvicinarsi all'orecchio del padre e dirgli qualche parola.

- Facciamo sessanta, - disse lui subito, seguendomi con un sorriso.

- È troppo!

- Consideri che noi non siamo affittacamere.... qui godrà della massima tranquillità!... Sotto questo tetto c'è la mia famigliuola e Lei....

- Va bene, va bene; ma è troppo lo stesso.

- Facciamo cinquantacinque!

- Cinquantacinque?!... Ma le pare poco?!

- Facciamo cinquanta! ecco: e non ci pensiamo più.

- Bisogna pensarci ancora.... Perchè io cinquanta lire non gliele posso dare....

- E allora facciamo quarantacinque!

La piccola incominciò a fare gli occhiacci al padre.

Io, lieto di avere ottenuto già più di quello che speravo, mi limitavo a terminare il mio discorso:

- .... non gliele posso dare, dicevo, perchè, capirà, anch'io lavoro come Lei per un ideale.... e il lavoro, per ora, mi vien pagato a speranze....

- Sì eh?! Sì eh?!... - gridò divampando e scintillando di subita commozione fraterna l'inventore. - Sì eh?!... E allora la sua gioventù non si dev'essere rivolta invano alla canizie misconosciuta dell'inventore Romolo Brúscoli Guardi! Io sono romagnolo: questa camera Lei la pagherà trenta lire!!

La piccina gridò:

- Bada che la mamma....

- Non importa! - interruppe quel piccolo padreterno furibondo di generosità. - Sono romagnolo sì o no?... Questo signore deve avere la camera per trenta lire: e basta!

La piccina però non si diede per vinta:

- Adesso gridi tanto forte perchè non c'è la mamma....

- Silenzio!! dunque! - strillò lui. - E uscite subito di qua!

La piccina rimase lì. Io mi credei in dovere di raccomandare al signor Romolo Brúscoli di pensare ai casi suoi più che ai miei, considerando che non mi piaceva affatto di provocare discordie intestine col mio solo ingresso in quella casa. Ma ne ebbi una sola risposta:

- Sono romagnolo!

Quando lo vidi irremovibile, pagai le mie trenta lire e presi possesso della camera.

Il mio singolare padron di casa mi aveva detto, tra le altre cose, che io avrei goduto la massima tranquillità, non vivendo sotto quel tetto se non io e lui con la sua famigliuola. Una simile affermazione mi dava dunque ragione di supporre che la sua famiglia fosse composta di lui, della bimba, e della ignota e temuta potenza femminina.

Ma ahimè! di quanto mi ingannavo!

Verso mezzogiorno, fui addirittura spaventato da una improvvisa irruzione infantile, che udii imperversare nel corridoio. Aprii l'uscio della mia camera e vidi una piccola orda arrestarsi attonita nella penombra, aspettando che li raggiungesse una signora piuttosto grassa e paciona, vestita di nero, che se ne veniva pian piano sorridendomi.

Io non riuscivo a sorridere.

- Tutti questi bei bambini?... - balbettai.

- Sono tutti fratellini miei! - gridò pronta la piccina di prima che era venuta loro incontro in quel momento, e prendeva il più piccolo per mano esortandolo a non aver paura di me.

- Lei è inquilino nostro, forse? - domandò sempre sorridendo la signora grassa. - Ci ho tanto piacere!

- Grazie, - risposi grattandomi la testa.

- Non si dia pensiero, sa.... per questi bambini.... Perchè oggi è domenica.... Ma gli altri giorni, sono tutti a scuola o all'asilo.

- Meno male! - esclamai: ma poi soggiunsi subito per timore di averla urtata: - Del resto mi devo rallegrare con Lei.... per la quantità e per la qualità....

- Come?... come?... M'ha preso per la mamma di questi ragazzi? I No! no!... sono la zia!

- Sorella forse della padrona di casa....

- No! no!... per carità! non ci mancherebbe altro!... Non ho proprio niente a che fare, io, con questa moglie qui: io ero cugina carnale della prima moglie di Romolo!

- Ah!... cugina carnale della prima moglie del signor Romolo?!...

- Sicuro, caro signore!

- E vive qui, anche lei.... in famiglia?

- Sicuro, caro signore!... Per mandare avanti una casa ci vuole una donna.... che sia una donna....

- Ah!... Perchè la padrona di casa....

- È un omaccio! signor mio.... peggio di un omaccio.... la vedrà!

- Ma tutti questi bei ragazzi....

- Già: lei è buona a farli!... Belle forze!... ma gli altri li devon allevare!... È un omaccio: creda a me!... Vuol sapere una cosa? oggi è domenica: crede che lei sia a tavola con noi? Ma che!... Hanno offerto un banchetto con dell'altre sfacciate a una brutta vecchiaccia che è venuta dall'America per trappolar la gente con le conferenze.... E così tornerà questa sera.... chi sa a che ora.... capisce?...

- È femminista, forse? - domandai.

- Ecco! vede che Lei m'ha capito subito! In quel momento qualcuno girò con molta energia la chiave nell'uscio di casa: ed entrò, infatti, un giovanotto biondo, con due baffetti arricciati, molto ben pasciuto e molto ben vestito: passò in mezzo a noi quasi senza salutare, andò diretto a un uscio, l'aprì, entrò, e richiuse rapidamente. Ebbi il tempo di vedere che era entrato nella cucina.

- Quello.... - incominciò a dirmi la cugina carnale della prima moglie del signor Romolo, - quello sarebbe....

- Un altro parente.... a quanto pare!

- No, ma.... quasi.... Diventerà presto, via!... È il fidanzato della figlia di Romolo.

- Di quale figlia, scusi.... Non son tutti piccini?

- Ma no! si tratta del sangue di quell'anima santa della prima moglie!

- Ah! ho capito!... ci sono qui in casa anche i figli del primo letto....

- Eh! ormai.... - esclamò malinconicamente la signora - .... una è monaca, l'altra è maritata.... viene qui giusto la domenica a mangiare un boccone con noi.... In casa non c'è rimasta altro che questa creatura di vent'anni.... buona sa, buona come un angelo.... e brava per la casa.... uh! non esce mai.... sempre a lavorare dalla mattina alla sera!

- E.... sposerà presto?

- Mah!... - e qui un sospiretto: - Chi lo sa? Questo fiorentino è un bel ragazzo.... ma non ha impiego.... Sarà un anno che lo cerca e non lo trova.... Intanto mangia qui con noi....

- Per bacco! Ma questo è un refettorio!

Qui fummo interrotti da un rumore di colluttazione e di ingiurie che veniva dalla cucina. La porta si aprì impetuosamente e apparve una graziosa figurina bionda, rabbuffata e spaventata che, senza vederci, gridò:

- Papà!

Immediatamente il grido fu ripetuto da tutti i ragazzi, che uscirono in frotta dalla stanza vicina alla mia.

- Ah! chiami papà! - gridò il bel giovinotto rincorrendo la ragazza. - Sai che paura?! To'!... te ne dò un altro! - e, prima ancora di dirlo, le aveva già allungato un ceffone sonorissimo, ed era rientrato in cucina, mentre l'inventore accorreva dal suo laboratorio.

Io avevo cacciato fuori tanto d'occhi; ma la signora con la quale conversavo me li fece rientrare subito dicendomi, senza scomporsi affatto:

- Le solite cose da innamorati.... signore mio!

Intanto l'inventore, cui la fretta e la commozione avevano sconvolto le sembianze, e résele ora piuttosto raffaellesche che peruginesche, era corso ad abbracciare con gran delicatezza il capo biondo della figlia, e stringendosi il visetto infocato e lacrimoso contro il petto, le diceva con tenerezza materna:

- Ninny! piccina mia! dillo a papà tuo che cos'è stato.... t'ha picchiato quel cattivo.... eh?... ancora?... Ma perchè?... Ma che cosa vuole?!... che cosa gli dobbiamo fare di più?... La bontà e la pazienza dovranno pure avere un limite!... Non ci pensa lui che io son romagnolo!!

- Romagnolo?! - ruggì di dentro il giovanotto, e poi continuò spalancando l'uscio di cucina: - *Icchè* la mi vorrebbe fare? sentiamo un poco!

- Per l'amor di Dio, babbino mio! Sii buono! non gli rispondere! - gridò la giovanetta aggrappandosi al padre e baciandolo. Come a un segnale dato, i sei bambini si attaccarono per di dietro al camice dell'inventore, strappandone al primo impeto tre bottoni.

- Mettervi alla porta! - gridò rinculando il vecchio, tutto bianco come il suo pelo. - Mettervi alla porta! Sarebbe ora!

Questa volta la paciona mia interlocutrice aveva creduto bene di muoversi: era andata a prendere il bel giovanotto sotto braccio e, stringendoselo con visibile soddisfazione al fianco, lo trascinava dentro la cucina dicendogli: - Su! via, Ettorino!... non vedi che c'è gente?... Lascialo dire: adesso si va a tavola, e lì finisce tutto, lo sai! Guardiamo piuttosto che non si bruci l'abbacchio!

- È inutile! piccina mia, è inutile! - ripeteva l'inventore tirato sempre più indietro dalla sua progenie, fin nel fondo del corridoio. - È inutile! tanto un giorno ci si dovrà venire!...

- No! credi, papà! è così nervoso Ettore; ma in fondo non è cattivo.... mi vuol tanto bene....

- Ci si dovrà venire! piccina mia. Son romagnolo!... Che non ti metta più le mani addosso! che non te le metta! se no.... non parlo più.... faccio!!

Il bel giovanotto che stava per infilarsi nella bocca due lunghissimi maccheroni, forse per giudicar della cottura, sospese l'operazione e commentò:

- «Faccio»?! Per me, facciamo pure!... basta che *un* si faccia a cornate, se no *un* ce la posso!! - e così detto, ingoiò i due maccheroni. La signora che gli stava vicino soffocò una risata, e dandogli con la mano sulla nuca, gli susurrò un amichevole: - Vassallone! - e poi finì di rigirare l'abbacchio dentro il tegame.

- Che cosa ha detto? - gridò l'inventore laggiù dalla soglia del suo stanzone.

- Niente, niente.... parlava con la zia! - si affrettò a dire la fanciulla.

- Che cosa ha detto? - ripetè più forte l'inventore; ma un'ultima vigorosissima tirata della sua prole lo fece scomparire dentro l'uscio dello stanzone.

Stavo per rientrare nella mia camera, credendo che lo spettacolo fosse finito, quando suonò il campanello. Un po' per cortesia, un po' per curiosità, trovandomi a un passo dall'uscio di casa, aprii.

Feci appena in tempo a scansarmi, che la porta fu spalancata con impeto e un uomo basso e moro, coi capelli piuttosto lunghi, un gran cappellone da pittore, un fiasco di vino in mano, una salute invidiabile, entrò ballonzolando sull'aria della *Bohème*; Tra là laralalà.... lalà lalà lalà..... là laralalà....

Dietro lui veniva ansando, con un grosso poppante addormentato sulle braccia, una donna molto giovane, vestita modestissimamente, e così somigliante alla bionda e pallida Ninny, che subito riconobbi in lei quella tal figlia maritata di cui la signora grassa m'aveva parlato. Era il supplemento domenicale della famigliuola.

Non curandosi affatto della mia insolita persona, nè dei saluti che gli venivano dalla cucina, il rubicondo Marcello fece tutto il corridoio a passo di danza cantando il suo pezzo favorito. Quando fu in fondo si fermò, tese il braccio che teneva il fiasco, e gridò:

- Oggi pago da bere io.

- Vôl piovere! - fece il bel giovanotto dalla cucina.

- Ti vanno bene gli affari, Aristide? - domandò la grassa signora aiutando il prode Ettore a scolare i maccheroni.

- Benone! sora Matilde: parto per l'America! - gridò l'allegro Aristide. - Vi levo l'incomodo; siete contenti?

- Sempre una nuova! - disse scoppiando a ridere la signora Matilde, e rise anche Ettore e anche la piccola e pallida moglie.

Credendo di avere assistito anche alla farsa, mi parve giunta l'ora di chiudermi in quella mia camera, dove, secondo il buon inventore, avrei dovuto godere una pace quasi claustrale.

Dopo un'ora, sentivo procedere il pranzo con un così crescente bonumore, che dovetti chiudere il mio libro e uscirmene di casa disperato.

La notte ritornando verso il tocco, giunto su all'uscio di casa, mi trovai dinanzi il dorso di una persona, la quale si sforzava d'infilare la chiave, e non ci riusciva. Esaminai lo sconosciuto alla luce del mio cerino. Era un alto signore tutto impomatato, emanante un acutissimo profumo di violetta da pochi soldi, con piccoli baffetti e mosca sul mento; portava una *redingote* di vecchio taglio, delle scarpe lucentissime ma crepate, una mezza tuba alla francese grave d'unto, una camicia inamidata ma sgualcita: era paonazzo in volto, e soffiava, e ad ogni tentativo fallito ringhiava la fatidica parola di Cambronne.

Non tardai a riconoscere un francese ubriaco e pensai: questo signore certo ha sbagliato uscio.

- *Qu'est-ce que voi vulete?* - mi chiese quando si avvide di me: e io credendo di illuminarlo, subito:

- *Entrer chez moi, monsieur!*

Ma lui, senza l'ombra della meraviglia:

- *Mais très bien!! alors vous m'ouvrirez cette cochonne de porte!*

- *Hein? vous logez ici?! Vous aussi? En êtes-vous sûr?*

- *Monsieur!!* - esclamò il francese facendo un passo addietro, e chiudendosi nella sua *redingote* con un gesto da padrone delle ferriere: - *J'ai bu du veritable Pernod, en tous cas: pas de la grappa ou de ces cochonneries anglaises!!* - e porgendomi la sua chiave con schematica compitezza: - *Voyez vous-même!*

Io presi la chiave, e, per essere ancora più sicuro, anzi che confrontarla con la mia, la infilai addirittura nella toppa: se la sua chiave apriva, era chiaro che quel signore aveva il medesimo diritto che avevo io, di entrare.

E la chiave infatti aprì.

Quando fummo dentro, il francese, appoggiandosi con le spalle al muro, cercò nella tasca interna un biglietto di visita e me lo offrì. Io glie lo ricambiai, poi aprii lentamente l'uscio della mia camera. Il francese attaccò con molta cura il cappello e la *redingote* ad un attaccapanni, e poi entrò nella cucina augurandomi la buona notte.

Guardai il suo biglietto; c'era sopra tanto di corona comitale e sotto: *Ingénieur Alphonse Leroy, Paris.*

Dopo una mezz'ora, volli andare a prendere dell'acqua fresca in cucina, e lo vidi raggomitolato sopra una branduccia da bambini, che russava profondamente.

Una giornata, sebbene piuttosto laboriosa come avete veduto, non era tuttavia bastata neppure a farmi conoscere di vista tutte le persone che componevano quella che il buon inventore, con commovente eufemismo, chiamava la sua famigliuola. Infatti mi mancava ancora la moglie, che conoscevo soltanto attraverso le minaccevoli parole della piccola figlia decenne e le poco delicate allusioni della signora Matilde e del bel fidanzato.

La mattina dopo, appena alzato dal letto, la lacuna mi fu colmata. La signora Brúscoli venne a farmi una visita. Era una signora vicina alla quarantina; non bella, ma di modi spigliati e garbati: era già vestita da fuori, in procinto di uscire.

Vidi che mi guardò prima di tutto da capo a piedi e certamente formulò un rapido giudizio sulla mia persona: giudizio benevolo, perchè aumentò subito i suoi sorrisi, e mi disse:

- Scusi se le parlo francamente: ho la grande disgrazia di avere per marito un imbecille....

- Oh!...

- Sì, sì! un imbecille. Lei che ha l'aspetto di una persona d'ingegno....

- Grazie!

- Io sono franca!... Lei dando uno sguardo a questa casa, si accorgerà subito che è la casa di un imbecille!... E Lei non sa tutto!... Oh! se sapesse tutto!...

Ci fu una pausa dopo la quale la signora riprese:

- Per colpa di quest'uomo, io mi trovo costretta a farle ora una parte antipatica.... la prima volta che ho il piacere di vederla e di conoscerla....

Capii subito di che si trattava: bisognava modificare il mio piccolo contratto d'affitto, in barba ai romagnoli propositi del buon inventore. Pur riconoscendo in parte la giustezza delle sue pretese, credetti di doverle far notare che quella camera non rispondeva in tutto ai miei desideri....

- Di chi la colpa? - gridò la signora Brúscoli. - Di chi la colpa?... sempre di quell'imbecille di mio marito, che ha trasformato questa casa in un albergo dei poveri, in una succursale della Congregazione di Carità!... Ah!... non mi ci faccia pensare.... non mi faccia ricordare.... altrimenti divento furiosa, non capisco più quel che faccio!... Ma non sa Lei che mio marito era ricco.... ricco quando l'ho sposato io!... Già, se non fosse stato ricco non l'avrei sposato: mi piace dir le cose come stanno!... Ebbene: s'è fatto mangiare tutto! tutto! capisce?... e anche adesso che non c'è più niente, dobbiamo mantenere la bellezza di quattro persone inutili!... Dico dobbiamo mantenere, perchè io guadagno, sa? sono redattore-capo dell'*Avvenire Femminista*!

- Ah!

- Lei non è femminista?

- Già.... io veramente non.....

- Mi dia la mano! Anch'io ci credo poco al femminismo.... ma pàgano, e anche abbastanza bene. E io vendo la mia penna.... come un uomo!

- Non si potrebbe essere più femminista di così!

La signora rise, mettendo in mostra due file di denti un po' disordinati, ma bianchi. E poi continuò:

- .... E così, dicevo, manteniamo la bellezza di quattro persone! Le pare che ci sia del cervello, quando si è in nove in famiglia, e di questi tempi! con sei figli piccoli, che bene o male dovranno pur crescere!... Eppure è così: manteniamo quattro persone: quanto a Matilde, meno male, fa le faccende di casa.... io non saprei, nè potrei, occuparmi della casa... L'ingegner Leroy, quello.... è un caso speciale.... È un signore tanto fine, tanto cortese, un vero signore!... Ha perduto tutto al gioco e, un giorno, è venuto, poveretto, a offrire i suoi servigi al nostro giornale. Non può credere l'impressione che ci ha fatto! Ho pensato che, essendo ingegnere, poteva essere utile a mio marito.... e infatti mio marito ne è stato contentissimo.... contentissimo proprio!!... - aggiunse ridendo; e poi riprese con impeto. - Ma io domando per quale ragione dobbiamo dar da mangiare al fidanzato della mia figliastra! Me lo sa dire Lei perchè?

- Io no davvero, signora mia!

- Ma non basta: adesso, dopo il fatto di ieri sera, ci rimarrà sulle spalle anche la figliastra maritata, vedrà!...

- Quale fatto, scusi?

- Non c'era Lei?... Non c'ero nemmeno io. Ma è presto raccontato. Badi che è graziosa! da far ridere anche la luna! Ieri, a metà del pranzo, quel pazzo del marito si è alzato, e ha detto: «Sono le tre: è giunta l'ora di partire per l'America! bevete alla mia salute come io bevo alla vostra!» Tutti si son messi a ridere. Sono abituati alle sue buffonate: anzi, per stare meglio allo scherzo, dice che tutti l'hanno abbracciato e baciato com'egli pretendeva, e l'hanno lasciato uscire aspettandosi chi sa quale lieta sorpresa. Sa quale è stata questa sorpresa? È stata che non s'è più visto!

- Per Bacco!

- Capisce?!... Se lo scherzo dura, avremo sulle spalle la moglie e il pupo. E allora mi deciderò una buona volta a far qualche cosa di bello anch'io: me ne anderò via di casa!... Del resto l'ho già detto a mio marito: o via lei, o via io. Scelga lui: io sono stufa.

- Speriamo che le cose si accomodino....

- Mi scusi, eh? signore mio.... non so perchè ma.... ho sentito il bisogno di sfogarmi un poco con una persona capace di capirmi....

Il discorso ritornò sul prezzo della camera: aggiunsi quindici lire, riservandomi però di andarmene anche dentro il mese stesso, se la camera avesse continuato ad esser tranquilla come in quel primo giorno.

Quella camera era senza dubbio la meno propizia di tutta Roma per i miei studi, ma pure non trovai mai la strada per uscirmene.

C'era tanta vita intorno a quelle mie quattro mura! Quante cose imparavo ogni volta che chiudevo un libro, rabbioso di non poterlo leggere, e mi mettevo ad ascoltare le voci innumerevoli di quella casa!

Quanto era buono quel povero inventore! Bisognava vederlo alle prese con quei suoi infernali bambini, per giudicare della sua pazienza e del suo cuore. Dopo aver perduto una intera giornata ad accomodare qualche suo modello, tolto mezzo fracassato dalle loro mani vandaliche, era capacissimo di vegliare qualche ora per fabbricar loro un nuovo giocattolo destinato a divertirli la prossima domenica.

- In fondo, creda pure che son buoni, - mi diceva quando inorridivo per la sorte di quei suoi poveri modelli. - Vede? guardi l'aeroplano: non me lo toccano più!...

E l'aeroplano infatti non lo toccavano più.... da quando l'ingegner Leroy li aveva avvertiti che avrebbe tagliato un orecchio a chiunque avesse osato toccarlo.

Quanta mite potenza d'amore era nascosta in quelle quasi comiche sembianze di padreterno, che m'avevano fatto ridere il primo giorno! In certi momenti, io arrivavo a sentire ora, per lui, quasi un attaccamento figliale; sentivo il contagio della sua grande bontà impadronirsi di me, come una vertigine. Perdevo delle intere giornate a lasciarmi spiegare le sue invenzioni perchè ciò gli faceva un gran bene; lo accompagnavo nei suoi tentativi quotidiani, e quotidianamente infruttuosi, per collocare i suoi ritrovati, e lo sostenevo, se bene inutilmente, di consigli e di argomenti. Avevo perfino trovato per lui, in fondo a me stesso, delle recondite e insospettate qualità di brigatore, tanto bramavo di dare a quella canizie misconosciuta, come la chiamava lui, la gioia di un piccolo trionfo!

Ma che! tutte le sue invenzioni o erano poco interessanti, o erano troppo imperfette, o erano impratiche per il gran costo, o erano inutili, o, nel miglior caso, erano già state inventate da altri.

Una vera disperazione!... per me, badate bene: non già per lui!

Egli sosteneva impavido le più ironiche, le più atroci critiche; e ad ogni sconfitta nuova, concludeva invariabilmente: - Non tutte le ciambelle posson venir col buco, si sa! Io ce l'ho la mia ciambella col buco sicuro: è l'aeroplano. Appena Leroy avrà terminato gli studi per il motore, troveremo i danari per andare a Parigi insieme, e tornerò ricco!...

Per un mese si era vissuti in quella casa in una specie di sospensione: quel bel tipo del signor Aristide non s'era fatto più vivo, e la povera moglie, sfinita dalle veglie penose e dall'allattamento, non si riconosceva più. Tuttavia si sperava ancora di rivederlo da un momento all'altro.

Pendeva ancora sul capo del povero inventore la minaccia della moglie: "O fuori lei, o fuori io!". E quella non era donna da minacciare invano.

Ma che cosa avrebbe potuto fare quella povera figlia sua, debole, affranta, con un bimbo al petto, senza un'arte.... Come pagarle una camera ammobiliata altrove? Non era più semplice dare un posticino anche a lei dentro quella casa, e dividere per tredici quello che fino allora s'era diviso per dodici? Così la pensava lui: ma la moglie non si smoveva: "O fuori lei, o fuori io!"

Si andò avanti discutendo fino al giorno in cui arrivò dalla Prefettura una comunicazione che riguardava il signor Aristide. Egli si era veramente imbarcato a Napoli per l'America: erano mancati gli estremi per arrestarlo possedendo egli tutte le carte in regola e dichiarando di aver affidata la moglie alla famiglia paterna, questa consenziente.

Infatti era verissimo!!

La tempesta si scatenò.

Fu tutto inutile quello che tentai di dire e di fare in quella triste sera. La signora Brúscoli fece nella notte stessa il suo baule e la mattina alle sei lasciò la casa.

Il disgraziato si mise a piangere come un bambino.

Tre giorni dopo la signora Matilde, che era già cresciuta di qualche chilo dal piacere d'esser rimasta padrona del campo, venne a cercarmi, tutta felice, come se portasse la più lieta novella di questo mondo:

- Avevo ragione sì o no, io?! Da quando se n'è andata quella sfacciata, l'ingegnere non dorme più qui.... son tre notti. Mi pare chiaro! che cosa ne dice Lei?

- Io?!... Ma io non dico niente, cara signora Matilde!

- E intanto quello stupido di Romolo non ci crede! - continuava la signora Matilde. - Io dico che non ci crederebbe nemmeno se ce li trovasse! Capisce che fortune capitano a certe donne!... Col povero marito mio, buon'anima, ogni volta che mi provavo a parlare con un par di calzoni, erano schiaffi garantiti!...

Io evitavo il discorso, anzi mi ostinavo a far le viste di non crederci, ma pur troppo da un pezzo m'ero accorto di quella tresca e ne avevo ora le più certe prove.

L'ingegnere veniva tranquillamente a casa ogni mattina verso le dieci e andava diretto allo stanzone. Se ci trovava il vecchio gli gridava il suo solito: - Bon giorno, *camarade!* Avete voi un sigaro?

Il vecchio si cercava nel taschino alto del panciotto e glie ne dava uno o mezzo: quello che trovava; poi cercava in fretta il cappello e usciva di casa.

Allora l'ingegnere si metteva a lavorar di numeri e a disegnare con insolito accanimento.

- Quanto tempo vi manca per finire il disegno del motore? - gli volli chiedere.

- Peuh! una *quinzina* di giorni al *maximo.*

- Ma perchè non avete più scritto alla Casa Brioche come avevate promesso?

- Oh! inutile! impossibile!

- Come?! tutte le vostre speranze....? le vostre aderenze....?

- Niente! niente! inutile!

- Ma perchè?

- *Pas d'argent! monsieur!* fallimento vicino!

- La casa Brioche va male?! ne parlavate come della migliore casa di Parigi!?

- *Je suis sans appuis, monsieur!*

- Come? adesso non avete più aderenze?!

- *C'est désolant, c'est désespérant, c'est tragique! mais enfin c'est ainsi!*

- Come? ma voi parlate sul serio?

- Sì, signore! bisognerà che io *quitti* questa casa, *ou j'ai reçu tant de caresses,* bisognerà che io trovi da guadagnare mia vita: *voyez! je laisserai* al signor Brúscoli i disegni del mio motore, per ricompensarlo della sua generosità....

Tentai di risollevare le sue speranze, ma fu inutile: egli aveva improvvisamente dimenticato l'arte di sognare marenghi, che gli era stata così propria fino a pochi giorni prima. Pensando che si trattasse di una passeggera sfiducia, mi riservai di ritornare alla carica il giorno dopo. Ma il giorno dopo Leroy non tornò.

Prima di sera tutto il casamento sapeva che era scappato in Francia con la moglie dell'inventore.

Per quindici giorni il pover uomo non parlò più, non uscì più dal suo stanzone, e quasi non mangiò più. Io riuscii miracolosamente a scovare uno dei molti suoi vecchi debitori, e a cavargli cento lire: cento lire che finirono tutte in cucina dove la signora Matilde non smise mai di ridere, e il biondo Ettorino picchiò e mangiò sempre di più, e la povera Ninny le prese e faticò, sempre più affezionata e paziente.

Quanto alla povera figlia maritata, s'era messa a letto con la febbre e col suo piccino, e aspettava per ore e ore che qualcuno si ricordasse di lei.

L'orda fanciullesca, già in vacanze estive, era padrona della casa. Lo stanzone era stato messo letteralmente a soqquadro. Il vecchio non sentiva e non vedeva nulla: per puro miracolo l'aeroplano stesso non aveva fatto la fine del resto.

E così passarono i primi quindici giorni; ma si sa, che l'anima umana è come il fiume: presto o tardi ritrova il suo vecchio letto.... e così, a poco a poco, lentissimamente, l'anima di quel pover uomo ritrovò le sue vecchie orme e s'incamminò di nuovo per i sentieri della sua dolce e rassegnata bontà.

Incominciò col dedicarsi tutto a guarire la sua figlia malata, e vi riuscì. Il giorno che la vide rialzarsi sorrise per la prima volta. Poi ricominciò a interessarsi ai giochi dei bambini, poi riaprì qualche libro del Flammarion, riscartabellò i suoi appunti, risorrise al suo povero aeroplano come a un amico che ritorna allora dopo una lunga assenza, ricominciò a passar la mattinata cercando quattrini per mare e per terra, e i pomeriggi accomodando i suoi modelli sfasciati; ricominciò a carezzare la sua Ninny ad ogni schiaffo che le dava il fidanzato e a minacciare sempre di diventar romagnolo e ad accomodare i giocattoli rotti ai piccini, e a inventarne uno nuovo ogni domenica per farli stare allegri; e finalmente ricominciò a sperare.... a sperare nella bontà dei suoi diabolici bambini, a sperare nel ritorno del suo genero, a sperare nel matrimonio della sua Ninny, a sperare nel suo aeroplano, nella ricchezza, nella gloria! a sperare in tutte le cose, nelle quali aveva così pazientemente sperato prima della sua ora tragica....

Una mattina di domenica mentre parlava con me e cullava il suo nipotino sulle braccia, passeggiando tra gl'ingombri del suo stanzone, gli arrivò una lettera raccomandata, che veniva da Parigi. Posò il bimbo nella sua cesta, inforcò gli occhiali, esaminò la busta; ebbe un sussulto: portava la intestazione della casa di aeroplani Brioche. L'indirizzo era scritto a macchina. Ruppe la busta e incominciò a leggere, tremando da capo a piedi. Alle prime parole il volto gli si inondò di rossore e gridò: - L'aeroplano!... è piaciuto!... è accettato, amico mio! lo costruiscono!... ah! io impazzisco dalla felicità!!

- Per Bacco!! - gridai fulminato dalla maraviglia; e stavo già per alzarmi e abbracciarlo, quando il suo viso a un tratto si oscurò: fissò la carta per un momento tutto raccolto in un pensiero penoso, poi parve riguardare meglio; voltata la pagina, impallidì ad un tratto come se dovesse mancare; poi si riprese, lesse; finalmente atteggiò la bocca a una smorfia di dolore e di disprezzo, e mi porse la lettera.

- Legga pure.

Era una breve lettera scritta a macchina, in italiano, firmata dall'ingegnere Leroy, seguita da qualche riga scritta a mano e firmata con una sigla a me sconosciuta.

La lettera diceva:

"Egregio signor Brúscoli,

"Il nostro aeroplano è piaciuto alla Casa Brioche. La Casa ne ha ordinata immediatamente la costruzione. Tra dieci giorni i pezzi dovranno essere pronti per il montaggio. La vostra presenza sarebbe utilissima. Procurate di venire qua al più presto possibile, anche nell'interesse vostro, perchè sebbene per ragioni di opportunità abbia brevettato l'aeroplano col mio solo nome, intendo riconoscere la parte che voi avete avuto in questa invenzione.

"La vostra signora, che si trova presentemente in Parigi, si unisce a me nel pregarvi, nell'interesse vostro e della vostra famiglia di venir subito.

"Vi saluto cordialmente.

"Ing. LEROY".

La lettera, come vedete, era un miracolo di sottigliezza.

Ma a compiere il miracolo l'ex redattrice dell'*Avvenire femminista* aveva vergato di suo pugno queste impagabili quattro righe:

"Che te ne pare, Romolino mio, ho saputo o non ho saputo lavorare per il tuo bene?! Vieni subito qua! Imparerai un po' a vivere!

"Meglio tardi che mai!"

Alzai gli occhi a lui, che mi era rimasto dritto e fermo lì davanti come una statua; il suo viso era lo specchio di quella lettera comica e tragica: non si riusciva a capire se piangesse o ridesse.

Ci guardammo lungamente senza parlare.

Quando, a un tratto, si precipitarono nello stanzone i sei ragazzi che ritornavano allora dalla messa con la signora Matilde:

- Il giocattolo, papà! - Il giocattolo della domenica. - Che ci hai preparato, papà?! - Che cosa ci dai? - Il giocattolo! - Il giocattolo!

- Il giocattolo?... - mormorò come un'eco la voce del vecchio. Ma, all'improvviso, incominciò a saltare, piangendo e ridendo, come se qualcuno lo prendesse a frustate, e a gridare:

- E perchè no? E perchè no? Ma sicuro!... Ma sicuro che ce l'ho il giocattolo!... Eccolo qua!... Eccolo qua, per Dio! il giocattolo della domenica.... Gridate subito: "Evviva l'inventore Romolo Brúscoli!"

I ragazzi non se lo fecero dire due volte e con sestuplice stonatura ripeterono a squarciatimpani:

- Evviva l'inventore Romolo Brúscoliiiiii!!!

- Tenete e divertitevi! - gridò piangendo il vecchio. E, su quelle dodici mani rapaci, gettò dolcemente il suo povero aeroplano.

LA DONNA-RAGNO.

"Favorischino, favorischino, signori, senza timore alcuno! Non si può lasciare questa fiera mondiale senza avere ammirato la meraviglia scientifica del secolo ventesimo, la donna-ragno vivente e parlante, come dimostra la fotografia qui esposta al rispettabile pubblico. Testa di donna avvenentissima, corpo di ragno al naturale! Si sincerino se non credono con la meschina moneta di quattro soldi! La verità è luce e non si può negare, nè tampoco falsare! Si nutre esclusivamente di mosche vive: assisteranno al suo pasto! La più grande meraviglia medica del secolo!! Questa è l'ultima infornata, poi si chiude, e domani si parte per l'America...."

- Senti, Peppino? domani partono per l'America, bisogna vederla.... oramai ne hai spesi tanti!...

Appunto perchè ne aveva spesi tanti, il bel Peppino, tutto lustro e lieto nella sua fresca uniforme di cavalleria Piemonte Reale, non pareva avesse troppa voglia di spenderne altri. Così, si cercava l'orologio nella tasca dei pantaloni, e tentennava; ma la sua Armida lo guardava in un certo modo che sapeva lei, un modo proprio da tentare un santo, sì che quando a Peppino cascarono gli occhi su quel viso, invece di cavar fuori l'orologio, cavò fuori lesto il portamonete e ci guardò dentro per vedere quanti glie n'eran rimasti. Quella benedetta fiera l'aveva rovinato. Quasi tutte, le dieci lire che si era messo in tasca uscendo dal quartiere erano svanite come fumo. Sfido io: avevano voluto vedere il circo equestre nei secondi posti, il serraglio nei primi, poi i cavalli nani e sapienti, poi avevan voluto andare sull'altalena e anche sul carosello degli aeroplani, e alla fine avevan buttato via anche due lire alla Pesca Reale senza vincere nemmeno uno stuzzicadenti.... Troppo giusto! come si fa a tentare il giuoco quando si è così fortunati in amore?... Ma intanto i quattrini erano andati: e anche quelli erano stati tolti dal gruzzoletto messo da parte per sposare la sua bella Armida appena congedato.... Se seguitava così, che sposalizio magro, mamma mia!

Però tutte queste cose le pensò soltanto; e le pensò di sfuggita, quasi di nascosto, e diventandone tutto rosso, mentre col braccio già infilato nel braccio di Armida, saliva gli scalini di legno del baraccone e comprava i due biglietti per entrare. Un gruppo di donne anziane, sporche, trippute e urlone, esclamò al loro passaggio: "Questa si chiama una bella coppia! Se ne vede poche così a questi tempi!" Peppino udì, e per la gran contentezza invece di due monetine da venti centesimi diede al bigliettaio, ahimè! un nichelino e una lira: la penultima che avesse in tasca. Poi scomparve dietro una tenda di velluto rosso frangiata d'oro, superando, quasi, l'inverosimile rumore del grande organo con lo sbatacchío ferreo del suo squadrone.

Dentro c'era ancora pochissima gente, sì che Peppino e Armida poterono appoggiare i loro gomiti alla balaustrata di legno quasi dinanzi alla "maraviglia scientifica del secolo ventesimo". Veramente Peppino ne appoggiò uno solo di gomiti, poichè l'occasione gli parve propizia per allungare dolcemente la sua destra sulla cintola di Armida. Crepassero pure d'invidia quelli che sarebber venuti dietro!

I due innamorati guardarono per un minuto il fenomeno, tutti due a bocca aperta; ma a un tratto Armida, stringendosi tutta al suo Pappino, esclamò forte:

- Che mostro, Madonna mia! Nel ritratto il viso è meglio!

Il fenomeno girò gli occhi rapidamente verso loro; ma poi subito li abbassò sui loro piedi e li tenne fissi lì con un'espressione bestiale e distratta.

- Fortuna - fece Peppino - che chi sa di che paese è!... Ma non si dicono così forte queste cose. Si passa per quello che non siamo. È vergogna!

- Accidempoli! - ribattè Armida con dispetto, - che rimprovero serio!... O che per caso ti saresti innamorato di quel bel parrucchino?!

La povera creatura semiumana che essi guardavano con uguale maraviglia, ma lui con una sincera pietà, lei con un ribrezzo suo malgrado un po' cattivo, era esposta sopra una rete di cordoncino intelaiata; e certo doveva essere stato un esperto sebbene volgare conoscitore del cuore umano, colui che le aveva camuffato da enorme tarantola il corpiciattolo nano e privo di arti, sbizzarrendosi poi ad abbellire la sua grossa testa senza sesso nè età a furia di belletto, di pennello, nonchè di pettinucci brillantati e di nastri di raso sparsi a profusione sopra una morbida e inanellata parrucca bionda.

Forse appunto di qui nasceva la diversità di commozione nei due giovani cuori di Peppino e di Armida. Lui, come più esperimentato al dolore e résogli lo sguardo profondo dalla recente quotidiana dimestichezza con la morte laggiù nelle spiagge libiche, sapeva intuire quanto di tragico si nascondesse sotto quella volgare civetteria da trivio imposta a un miserabile piccolo otre vivente, senza braccia, senza gambe, senza parola forse, senza volontà, senza difesa, senza protezione, maneggiato a suo grado da un qualche bestiale padrone. Armida, leggera e superbetta, schiva d'ogni ricercatezza perchè sicura d'esser molto bella, sentiva, sia pure contro sua voglia, di fronte a quella disgraziata creatura, quasi un po' di quel pungente disprezzo che le faceva esclamare ad ogni passo, per via: "Guarda un po' quella, Peppino! Che se la metterà a fare tanta vernice sul viso? Brutta è, e brutta rimane!"

Ora, se Peppino fosse stato altrettanto saggio quanto era buono di cuore, si sarebbe accontentato di osservare silenziosamente lo stato d'animo della sua amata, approfittandone per darsi in segreto qualche consiglio utile; per esempio: "All'erta, Peppino! la donna se non ama odia: inutile tentare di insegnarle altri sentimenti intermedi: godi, assapora, centellina la felicità d'essere amato, e preoccupati soltanto di farle durare il più possibile l'amore per te. Finchè dura quello sei un re: se finisce quello, Peppino mio, sei fritto».

Ma siccome Peppino non era un saggio, non sapeva chiudersi in un filosofico silenzio di fronte alle poco cristiane espressioni della sua Armida; non poteva ammettere che la donna da lui tanto amata avesse poi sentimenti e pensieri così diversi dai suoi; non sapeva farsi una ragione che quella stessa «bocchina di fravola» fosse tanto tenera per lui, tanto dura per tutto il resto del mondo. E così, quando la sentì uscirsene in quella insolente e stupida frase, e sopratutto quando vide il povero fenomeno alzar d'un tratto gli occhi e questa volta arrossire, dimostrando d'aver assai ben capito l'italiano, allora il buon Peppino non si potè più trattenere:

- Sei cattiva! - disse ad Armida - ma cattiva proprio come io non me lo credevo mai! Ecco: bisognava che te lo dicessi, tanto a tenersele in corpo le cose è peggio.... Nemmeno il gran Senusso, io dico, se gli mettessero avanti una cosa così!... E pensare che io ci piangerei! Sì: perchè ti vien la vertigine se ci pensi un poco.... a essere in cima a un monte di felicità come siam noi, che ci abbiamo salute da vendere, e forza, e siam fatti come Dio comanda, e ci vogliamo un bene da morire, e tra settantacinque giorni ci sposiamo.... e poi invece ci abbiano a essere certi figli di Dio lo stesso, che devon vivere peggio delle bestie, buttati là come spazzatura, e tutti i mali del mondo addosso a loro, senza potersi difendere, senza potere scappare, macchè! senza nemmeno un braccio per potersi levar dal mondo e finir di patire!... E che ti credi? Uno nasce certe volte fatto come noi, nè più nè meno, e un bel giorno, innocente ancora, senza saper perchè, si ritrova che non è più nè uomo, nè donna, nè bestia: un pezzo di carne che vive!... Ti ricordi, Armida, di Felícita?... Ti ricordi di quando s'aveva io sei anni e tu cinque, e si giuocava sempre nel tuo orto e si metteva paura al porco e quello si cacciava tra i pomidori, eh?... e la povera mamma tua bon'anima ci faceva vedere il manico della granata dalla finestra.... eppure, sembra impossibile, ci si voleva bene fin d'allora.... pareva si sapesse quel che doveva succedere dopo dieci anni!... Ma!... torniamo al discorso: te ne ricordi, Armida, di quella povera Felícita?... tanto buona, tanto carina, la testa tutta riccioli neri, che giuocava sempre con noi? cert'occhi che facevan lume! Era nata lo stesso anno, lo stesso mese, quasi lo stesso giorno che te, a tre passi da casa tua.... vi pigliavano tutti per sorelle gemelle. Ti ricordi la paura che aveva delle mosche e dei mosconi, e noi si canzonava sempre?... Ebbene: come fu?... Un giorno la misero a letto, eh? Noi andavamo sotto le finestre di casa sua e dicevamo: «E Felícita?» - «È malata,» ci rispondeva quel briacone del suo babbo. «Ancora?» - si diceva noi. - «Ancora,» rispondeva lui, e noi si rimaneva lì a guardarci e ci veniva voglia di piangere.... Ma allora eri più buona tu di me; ero sempre io a tirarti per il grembialino e a dirti: «Via, andiamo a giuocare lo stesso».... E intanto passò la bellezza d'un anno senza che Felícita rivedesse il sole, e noi sentivamo discorrere le donne e dire: «Quella figliola muore.» «Ma che! magari morisse, quella rimane scema.» «Riman segnata da Dio, povera innocente, non l'avete vista, è tutta pancia e testa!» «Le braccia e le gambe non glie le potrebbe ridare altro che Gesù....» E infatti, alla fine, un bel giorno incominciarono a metterla fuori della porta di casa, tutta rinvoltolata in uno scialletto, dentro un corbello, all'ombra di quel gran fico, ti ricordi bello!?... dove c'eravamo arrampicati tante volte tutti e tre!... Da principio, se ti rammenti, noi la guardavamo di lontano e si aveva paura a andar vicino. Non ci pareva che potesse essere davvero la nostra Felícita! I riccioli dov'erano andati? e gli occhi? sembravan bioccoli di fango sopra un viso grasso e giallo come un tallo di felce.... e poi le mosche ora gli andavano su e giù per le labbra, gli si affollavano agli angoli degli occhi come ai bovi, e Felícita le lasciava fare.... «Possibile che non abbia più paura delle mosche?» si diceva noi. Poi ci si avvide di come stavan le cose: non ci aveva più braccia la povera creatura; ma quello che le mosche bevevano, era pianto!.... E allora ci si fece coraggio e s'andò, uno di qua uno di là del corbello, a cacciargli via le mosche. Te ne ricordi tu? a me mi pare ancora di vederla la risatina che ci fece, povera Felícita!... E due volte al giorno compariva la matrigna con un pentolino di pappa, vero Armida?... e veniva a imboccarla, e mentre la imboccava si teneva in grembo un romanzo con certe figure di omini e di donne abbracciati, ti ricordi? e nella foga del leggere qualche volta invece di mettergli il cucchiaio in bocca a quella poverina, glielo ficcava in un occhio. Pensa, Armida!... perchè allora s'era piccoli, bastava che passasse una farfalla e si correva via per i campi a ridere.... ma a ripensarci ora! eh? Armida?... Fu una sera di Natale.... non me lo scordo più: si stava al fuoco a mangiare certi confetti con lo scoppio che ci aveva portato lo zio Raimondo da Firenze, quando si seppe che quel briacone del padre di Felícita era partito a un tratto per l'Australia con quella perla rara della moglie e quel povero sacchetto vivo ch'era stata tanto amica nostra!... Così è la vita, Armida!... E la chiamavano la sorella tua!!... Pensa che differenza tra il destino suo e il tuo!... Pensa!... Eppure chi lo sa!... perchè noi non sappiamo vedere altro che di fuori, altro che la buccia, intendi? e però si dice: «che mostro è quello!» ma per gli occhi di Dio.... quelli vedono il nócciolo, Armida.... per quelli, le nostre bellezze non valgono un fischio.... Lui guarda l'anima!... e allora chi lo sa che tra un mostro come quello e te, Lui non sarebbe capace di dire: «E più bella quella». Pensa!...

Sopraffatto dall'impeto della sua commozione il buon Peppino non s'era avvisto che l'organo aveva cessato i suoi diabolici suoni, ed egli, continuando a parlare sullo stesso tono di prima, si trovava a fare una specie di orazione pubblica.

Ma lui, sì! Non si sarebbe accorto nemmeno di una cannonata! La sua Armida stava ferma come una statua col bel viso di madonna appoggiato a una mano, con gli occhi fissi in terra, e precisamente a un gran buco del tavolato di dove si vedeva sotto una cagna allattare i suoi piccoli: e questo era segno evidente, secondo lui, che le parole stillanti dal suo cuore innamorato cadevano a una a una nel cuore di lei come benefiche gocce del suo stesso sangue, trasfondendovi la sua dolce pietà di uomo felice.

Per lui, tutto il mondo si sarebbe dovuto fermare, anzi certo s'era in verità fermato e inginocchiato dinanzi a quel miracolo di Armida che si ravvedeva! Figuratevi se poteva accorgersi dell'organo che s'era chetato, della gran scampanata che aveva annunciato il principio dello spettacolo, del silenzio curioso che si era fatto intorno alla sua voce sonora, e finalmente dell'apparizione di un enorme uomo barbuto il quale, con la bacchetta in mano e la bocca aperta, aspettava soltanto che lui, proprio lui, si zittasse, per incominciare la sua «grande spiegazione scientifica»! Qualche zelante s'era già affrettato a sibilare il suo bravo: «Ssss». Ah! sì! tempo buttato.

Peppino continuava:

- Pensa Armida....

Ma qui si fermò di botto.

Sapete perchè? Le labbra di fravola della sua Armida s'erano mosse come per voler parlare. Egli stava dunque per avere la prova del miracolo compiuto! «Che vorrà dire?» pensava. «Certo saranno parole d'oro che me le ricorderò cent'anni!...» Che momento sacro!

E la bocca d'Armida infatti parlò e disse:

- Ma zíttati, stupido!

Il tonfo che fece il povero cuore di Peppino cascando da l'ideale nel reale quasi si sentì!

Qualche timido sghignazzamento qua e là lo fece imbiancar d'ira; ma le prime parole dell'omone barbuto che furono: «Adesso possiamo andare a principiare....» lo fecero arrossire di vergogna; e allora si avvicinò al viso duro e ancora fisso in terra di Armida, e le sussurrò mestamente:

- Hai ragione.

Intanto la grande spiegazione scientifica procedeva a gonfie vele. I nomi più strani e più inesistenti di mondiali celebrità mediche la infioravano; ma nè Peppino nè Armida ne avrebbero mai udita una parola, così scombussolati com'erano ognuno per suo conto, se un fatto inaspettato non fosse avvenuto.

Uno dei curiosi di prima fila, a un tratto, interruppe violentemente il gigante barbuto, indicando la donna-ragno e gridando:

- Piange! guardate se non è vero che piange! Padrone, diteci un po' perchè piange?

L'omone, sebbene seccatissimo di essere interrotto sul più bello, stimò essergli giocoforza accontentare il «rispettabile pubblico». Si voltò dunque con un cipiglio burbero a guardare il suo fenomeno il quale lagrimava infatti sudicie lagrime lavandosi del nero e del rosso che gli coprivano le palpebre e le gote.

- Avete fame? - tuonò l'uomo, e senza aspettare nessuna risposta continuò rivolgendosi al pubblico: - La mia donna-ragno ha fame, onorevoli signori! Allora anticiperemo il suo pasto, così avranno la fortuna di ammirare con quale ingordigia essa divori le mosche che, come già ebbi l'onore di dire, compongono esclusivamente il suo cibo commestibile!

Un vecchio, di novant'anni almeno, recò un bicchiere dov'erano rinchiuse alcune mosche. L'omone lo prese, ne fece entrare due o tre nel suo enorme pugno, e alzandolo gridò:

«Attenti, signori! ammirino la destrezza con cui essa prende al volo questi animali!» - e buttò la sua manciata, mirando ben diritto alla bocca del fenomeno. Ma, con straordinaria sua meraviglia, le mosche sbatterono contro due labbra serrate come quelle del Silenzio.

Si vide benissimo che il primo impeto dell'omaccione sarebbe stato quello di massacrare con una manata quell'infelice ribelle. Ma aveva fatto in tempo a contenersi rimandando forse in cuor suo la punizione a più tardi. Conosceva l'umore del rispettabile pubblico che quotidianamente truffava, e sapeva sempre in ogni caso carezzarlo per il verso del pelo:

- Lor signori hanno potuto vedere con i loro occhi stessi! - gridò. - Il mio fenomeno vivente rifiuta il suo pasto commestibile di che è ghiotto come noi dei tordi arrosto: ma non devono credere per questo di essere stati truffati nella loro giusta esigenza di individui che hanno pagato il loro biglietto d'ingresso. Anzi: tutt'altro, signori miei!! Se potevo saperlo prima un fatto simile, li facevo pagare biglietto doppio!!... Altrochè! Proprio così!!... Loro hanno la invidiabile fortuna di trovarsi ad ammirare il mio fenomeno mondiale in uno dei momenti più caratteristici della sua vita, quello cioè che diede tanto da pensare al grande dottore Maronoff dell'Università di Pensilvania che ci scrisse sopra dodici volumi. Quel grande scienziato ha scoperto che quando la mia donna-ragno piange e nel medesimo tempo rifiuta il suo cibo commestibile preferito, questo è segno sicuro che essa è presa da un terribile male che un giorno certamente la ucciderà: questo male è la nostalgia. La nostalgia delle foreste vergini dell'Australia nelle quali nacque e visse i primi anni della sua vita allo stato puramente libero e bestiale: là, tra le liane secolari, tendeva le sue tele per acchiappare i famosi mosconi australiani che hanno il ventre grosso come un uovo di piccione e la testa come un cecio; là fu ritrovata e catturata dal celebre viaggiatore Stankey nel suo ultimo viaggio. Quando il fenomeno vivente è preso dal suo terribile male, non solamente non mangia, ma neppure parla. Se v'è qualcuno tra loro signori onorevoli che l'abbia ascoltata mezz'ora fa, nell'altra mia rappresentazione, rispondere francamente alle mie domande svariate, la vedrà ora al contrario che tacerà ostinatamente. Ecco che col beneplacito di lor signori andiamo ad effettuare la prova di quanto ho affermato. Grògrò! quanti anni avete?... Grògrò! in quale foresta dell'Australia siete nata?... Lor signori vedono che la mia previsione scientifica non si smentisce; posso tuttavia insistere ancora nelle mie domande perchè loro si sincerino sempre più. Su! Gròrò, da brava! guardate in faccia il vostro padrone!...

Perchè state con la testa voltata in là?... Ah! ah! vi piace quel bel soldatino con l'elmo d'oro?... Però mi pare che la fidanzata ce l'abbia già, e bella!!

Più di mezza sala rise a questa nauseante lepidezza, e l'omone, incoraggiato, continuò ficcandosi le cinque dita della sua sinistra dentro la gran barba riccia e toccando leggermente con la bacchetta la groppa del fenomeno:

- Gròrò! dico a voi! Siete diventata anche sorda?! Non volete salutare almeno questo rispettabile pubblico che vi ammira? Su! da brava!...

Intanto Peppino e Armida, sebbene fossero diventati rossi come due tizzi dalla vergogna, non trovarono la forza di scappare perchè i loro quattro occhi accesi erano ormai incatenati a quelle due spente pupille, impozzate nelle lagrime, che li fissavano, li fissavano, ancora e sempre, con una irresistibile misteriosa ostinazione.

- Gròrò!! - tuonò l'omaccione accompagnando la voce con una bacchettata un po' forte sulla testa; - o nostalgia o no, dovete ubbidire lo stesso al vostro padrone! Questi onorevoli signori sogghignano, non credono che voi abbiate il dono della parola. Io voglio per ciò che voi pronunciate il vostro nome col puro vostro accento australiano. Avanti....

Senza mai levare gli occhi dai due innamorati, la donna-ragno sforzò le sue labbra sottili e aderenti, come si fa d'una ferita mal cicatrizzata per farla rigemere, e disse con voce stridula e gorgogliante:

- Felícita.

- Che diavolo dice la bestia? - ruggì il padrone alzando la bacchetta: ma quasi all'istante stendendola trionfalmente sulla parrucca del fenomeno, esclamò:

- Hanno udito? ha detto *Felicità!*... Invece di dire Gròrò ha creduto bene di fare un augurio a tutti loro signori onorevoli, e forse specialmente ai due belli sposetti.... ma dove sono andati?... ah! sono laggiù.... che è successo?... la sposina è svenuta.... il soldato se la porta in braccio.... Per quattro soldi avete avuto il ratto delle Sabine!!...

Per fortuna alla farmacia non avevano voluto esser pagati, e il tassametro non aveva passato la lira e mezza, sì che Peppino potè far discendere di carrozza la sua Armida, già rinvenuta anche più del bisogno, proprio dinanzi al portone della casa dove essa stava per cameriera, invidiosamente ammirato da due o tre brutte serve che scherzavano col figlio del portiere fantaccino e coscritto!

Peppino infilò gloriosamente l'androne tenendo nella sua destra mano il braciotto rotondo di Armida, e salì, come era solito fare, il primo ramo delle scale per arrivare ad una certa nicchia senza statua dove tutti i giorni si fermavano per dirsi addio il meglio possibile. E, salendo, parlava. Da quando aveva visto rinvenire la sua innamorata nella farmacia di Piazza Guglielmo Pepe, forse per la gran gioia, forse credendo che ci fosse bisogno di tenerle sollevato il morale, aveva incominciato a parlare; a parlare di un monte di cose a casaccio: del tempo che passa presto anche quando pare di no, del puzzo dell'etere, di quando tre mesi prima s'era svegliato anche lui e s'era ritrovato in una gran pozza di sangue abbracciato alla testa del suo cavallo morto, di suor Nicoletta e di suor Pacifica che erano due angioli incarnati, dei tassametri che sono una bella cosa quando non diventano più ladri del vetturino, dei denari che quando uno li ha spesi non ce li ha più, del giorno benedetto dello sposalizio che avrebbero avuto due bei cavalli e una carrozza da principi, della casetta che li aspettava al loro paese e a quell'ora già la stavano imbiancando dalla cantina al tetto, del mal di mare che gli aveva fatto rifare il core nell'andare a Bengasi, dell'Italia che ora diceva sul serio e ormai gli arabi l'avevan capito, e non solamente gli arabi.... e di altre e altre infinite cose.

Quanto alla bella Armida, levato qualche "oh dio! oh dio!" appena rinvenuta, poi non aveva più fiatato.

- Poverina, quanto è buona! - diceva lui tra sè. - Non mi sente nemmeno, tanto pensa ancora alla disgrazia di quella povera Felícita! - e seguitava a parlare senza fermarsi mai, per distrarla.

Ma finalmente, così parlando sempre, arrivarono alla nicchia sacra al loro amore; e Peppino, che quando arrivava lì il petto gli rintoccava come un campanile il sabato santo, allungò il solito braccio intorno al collo della sua bella e se la tirò bravamente sotto l'elmo preparando labbra e occhi a quel saporitissimo bacio che da cinque mesi era l'*alt*! desiderato di tutte le sue giornate e il *march*! delizioso per i sogni di tutte le sue notti.

- Che è stato?! - gridò spaventato Peppino. Armida gli aveva appiccicato una maledetta manata sul collo e s'era divincolata da lui; e salendo in furia le scale gli strillava:

- Poverino! anche il bacio vorrebbe, dopo quelle belle cose che m'ha detto! Sperava che me ne fossi dimenticata!... O non son cattiva? O non hai detto che son cattiva? E allora, perchè mi vuoi baciare? La gente cattiva non si bacia. Si bacia quella buona.... Va a baciare Felícita!

Arrivata al primo piano, schiavò con rabbia l'uscio di casa e entrò. Ma poi si riaffacciò e gridò:

- Spòsatela!

E richiuse, che parve una cannonata.

La deserta nicchia, forse in premio dei suoi fedeli servigi, ebbe finalmente quella sera una statua. E fu quella del povero Peppino. La statua del rincorbellimento.

L'elmo sulle ventitrè, le braccia ancora mezzo sollevate, le mani aperte, le labbra ancora strette e protese com'erano per attendere il bacio, le gambe in una scomoda posizione, sì che sembrava stesse ritto per miracolo, gli occhi grandi e fissi come due bersagli. Se gli si fosse aperta la testa, al posto del cervello io dico si sarebbero trovate due sole parole:

- È possibile?!

LA VITA È ALLEGRA!

Il caso singolarissimo di un giovane che s'era buttato giù da un terzo piano, dimostrando tutta la buona volontà di ammazzarsi, ed era invece cascato sopra dei materassi, riuscendo soltanto a slogarsi le due spalle, aveva messo di buon umore tutta la *Sala del pronto soccorso*. Era sorta una rumorosa disputa tra due giovani medici, pretendendo ciascuno di possedere il segreto per accomodare più prontamente le spalle; e, allora, uno più anziano aveva tirato fuori il suo cronometro d'oro e aveva gridato ai due: -

Avanti, questo è il caso di far la prova! A Lei il destro. E a Lei il sinistro. A chi fa prima: uno! due!... e tre!!

E in mezzo alle risate dei colleghi e alle occhiate significative degli infermieri, la gara s'era iniziata.

Quel lungo e magro corpo ancor mezzo svenuto, sotto le violente manovre dei due competitori, paffuti e sbarbati per l'appunto tutti due, sembrava un gran burattino litigato da due ragazzi imbizziti.

La gara era già durata la bellezza di cinque minuti primi, quando il poveretto gettò un breve grido, spalancò gli occhi e fece una mossa istintiva in avanti, come per scappare dal lettuccio impaurito; ed ecco che proprio questa mossa fece ritornare, nello stesso istante, i suoi due omeri al posto loro, lasciando i due medici ricoperti di sudore a guardarsi strabiliati.

Un infermiere dal naso grande e rosso, il quale non era altri che il famoso Cecco detto Scacciapensieri che tutti i reparti di quell'ospedale romano si disputavano per passare un'ora allegra, e che in quel momento nessuno osava guardare in faccia per non scoppiare in una risata, si fece presso al paziente, lo tirò su a sedere sul lettuccio e incominciò a rivestirlo, mentre i medici s'eran tutti ritirati in un angolo della sala commentando l'esito della gara e accendendo sigarette.

Quando si vide infilata la camicia, il suicida si lasciò di nuovo cadere supino e disse con solennità:

- Ora lasciatemi morire, mi vestirete dopo.

Cecco fece una risata che ne rintronò tutta la sala:

- Embè che volete? n'antra volta v'ammazzerete mejo! pe' sta volta....

- Non muoio? - domandò l'altro come fosse sinceramente spaventato da questa idea.

- Ve rincresce proprio?... Andate là che è mejo pagà na *fojetta* a me che morire! - esclamò Cecco rimettendolo su a sedere di peso.

Come si fu persuaso di essere tutto intero, ed ebbe messo finalmente i piedi in terra, quel candidato alla morte, bocciato, gettò un mezzo urlo: non c'era osso nè muscolo nè nervo del suo corpo che non gli sembrasse trapassato da una spilla! Tuttavia cercava di infilar l'uscio più presto che poteva, sostenuto dal braccio di Cecco.

Non così presto però che il medico anziano, quello che era stato arbitro nella gara, non lo vedesse e non gli gridasse: - Ehi! Il nome! il nome! - affrettandosi verso un tavolino, vicino all'uscio, dove era il registro.

Il disgraziato si fermò di botto tentennando sulla persona e una vampa di rossore gli accese il volto emaciato e dolcissimo di vecchio trentenne.

- Ebbene? Aspetto voi, - gli disse il medico senza guardarlo, dimenando la punta della penna sul registro.

- C'è proprio bisogno di dichiarare il nome?... Una volta che non è andata come desideravo....

- Chi capita qui o morto o vivo che sia, deve lasciare il suo nome, - affermò con sussiego il medico. - Tutto quello che si può fare, - aggiunse poi osservando con meraviglia la enorme confusione di quel volto da re santo, così sottilmente disegnato, - tutto quel che si può fare è di sbagliare un poco la scrittura del cognome.... Se crede.

- Oh! sarebbe pur troppo inutile, dottore.... anche storpiato, il mio nome si capirebbe ugualmente... La mia tragedia sarà coperta di ridicolo!!

Un po' diffidente, un po' incuriosito, il medico chiuse gli occhi e sentenziò: - Eppure il regolamento parla chiaro: noi non possiamo trasgredirlo.

- Il regolamento dice, - rispose il poveretto con voce di preghiera, - che il nome deve essere scritto lì, è vero?

- Sicuro!

- Ma non dice altro?...

- No.

- Dunque io posso chiederle il gran favore di non mostrare a nessuno il registro.... e specialmente a nessun giornalista.... saprò ricompensare il suo silenzio....

- Oh! questo credo bene che potrò farlo.... - disse il dottore cominciando a convincersi di aver a che fare con qualche persona di gran riguardo. - Fatti in là, Cecco; e lei dica pure il suo nome nel mio orecchio.

Cecco si fece in là grattandosi la testa voluminosa e dicendo tra i denti: - Te saluto! È na persona fina, questa!

- Eh!!? - gridò a un tratto il dottore mandando addietro di mezzo metro la seggiola dov'era seduto. - Il prin...?

- Per pietà, dottore!

- Lei è il prin...?!

- Ma dottore! la sua promessa!! - ripeteva con voce soffocata il povero principe tremando tutto.

- Sì, sì! mi scusi! Lei ha tutte le ragioni, ma l'emozione della meraviglia.... capirà.... non sempre si può dominare.... Avessi almeno avuto l'onore di conoscerla di vista....

- Dica piano! La prego!

E il dottore affidando allora a un fil di voce la sua ghiotta servilità: - Mi permette, è vero, che Le porga il mio biglietto di visita?... Ho avuto l'onore, - e questo lo disse ancora più piano del resto, - ho avuto l'onore di rimetterLe a posto le di Lei due spalle slogate.... e Le assicuro che si trattava di un caso piuttosto complicato....

- Vorrei potere ricompensare degnamente.... - fece il principe tentando di portare la mano sinistra verso il portafogli.

- No no no! - si affrettò a dire il medico, - sopratutto non muova le di Lei braccia, le conservi in una immobilità assoluta! mi raccomando, Eccellenza.... uh! *pardon!*... Piuttosto mi farò un dovere di venirLa a visitare al di Lei Hôtel....

- Sono sceso a una modestissima pensione che mi son fatto indicare da un facchino e dove ho dato il nome d'un mio servo.

- Eh! Capisco! - esclamò il dottore cercando di atteggiare il volto allegro a una espressione di tragica pietà. - Per mettere ad effetto il di Lei triste proposito Le occorreva un assoluto incognito!... Adesso Le darò un infermiere per compagnia. - E mettendo cipiglio: - Cecco: accompagnerete fino a casa questo signore e starete con lui finchè vorrà, avete capito? - E al principe, ritornando dolce: - Domani mattina, appena finito questo duro servizio, verrò a visitarLa.... Vedrà che troveremo qualche buona cura anche per la di Lei neurastenia....

- Eh? Ma io non sono affatto neurastenico, signor dottore! - disse secco il principe.

- Oh, non dica così, Ecc.... Sono pur troppo le neurastenie più difficili a curarsi quelle non riconosciute dal paziente....

- Ma, scusi! - fece il principe con una certa vivacità che contrastava con la obbligata posizione delle sue braccia sospese al collo, - su quali dati si basa il suo giudizio: sul mio tentativo di suicidio?... Ma non basta!... si è ucciso anche Catone, caro dottore.... e Catone non era neurastenico.... che io mi sappia!

- E chi glielo assicura? - ribattè il medico con un tranquillo sorriso. - A quel tempo là i medici non capivano niente....

Cecco in quel momento aveva aperta la porta, e contemporaneamente un «oooh!» prolungato e festoso era uscito da quattro o cinque teste che si batterono una contro l'altra per veder dentro.

- Ci ha messa una bella paura! - gridò uno di quelli.

- Eh? Perchè? - domandò il principe oltremodo contrariato, - chi siete voi?

- Io?!... Ma come?!... non mi riconosce?... Ma, sono il padrone della pensione!! - e soggiunse: - Fortuna che tutto è bene quel che finisce bene! Ma intanto: se lei moriva?...

- Non ci rivedevamo più! - esclamò un po' seccato il principe. - La camera era pagata.

- Va bene: ma avrei avuto delle noie.... molte noie! Non ci aveva mica pensato lei!

- Scusate, sono stato un grande egoista! - ribattè il principe col viso pieno d'ironia e di schifo.

- Sì sì! - saltò su a dire una brutta faccia butterata dal vaiolo, - ma tutti questi bei discorsi non si potrebbero fare ora, se non ci fossi stato io! cioè il povero portiere, cioè il povero cane da guardia con sette figli sulle spalle, che salva, come suol dirsi, la casa dai ladri, dal fuoco, dalle sporcizie, mentre riceve in premio un tozzo di pane e il disprezzo di tutti!!...

- Bravo!! - gridò Cecco; e tutti risero.

- Sicuro! - riprese il portinaio con enfasi, dopo aver dato una truce sbirciata a Cecco, - ecco qua tre testimoni oculari: l'inquilino dell'ultimo piano che rincasava; il tavoleggiante del caffè *Ebe* che accorse, scusate il termine, al capitombolo; il signor Nicodemo, amico di casa, che giuocava a carte unitamente a me e alla mia consorte *in del* momento tragico, che ci lasciò un brivido nel cuore! Se il signore è cascato sul tenero, come suol dirsi volgarmente, il merito è tutto mio: il pagliericcio e i due materassi che hanno evitato lo scandalo di una morte prematura, erano i miei, che li avevo esposti all'aria della notte per ragioni d'igiene!

- Me rallegro! - gridò Cecco che da un pezzo la maturava. - E ce fai un discorso accusì lungo pe' dicce che ce tieni lo spasseggio sulli letti?!... E ce porti pure li testimoni oculari?!...

La risata fu generale.

Il principe parve quasi ridesse con gli altri; ma subito il suo riso si rifugiò sull'orlo delle sue labbra ed egli disse a denti stretti: - E così dovrei il resto della mia vita.... ai vostri insetti.... Domani.... domani li compenserò dell'incomodo, state tranquillo!

Il padrone della pensione ed anche il portiere eloquente volevano salire sulla *botte* nella quale, sostenuto da Cecco, si era accomodato il principe; ma questi disse subito: - No no, prego di lasciarmi, non intendo rincasare ancora.

Cecco salì trionfante al suo fianco, mentre il principe ordinava al vetturino: - Via Appia! - e la carrozza si moveva.

- To' - disse Cecco spalancando la bocca, - dalle parti di casa mia!

- Ci vado spesso, specialmente le notti di luna piena, - mormorò il principe.

- Oh! - fece Cecco, - allora, se lei ci pratica per quelle parti, avrà sentito nominare un certo Cecco detto Scacciapensieri?

Non ebbe appena finito di far questa domanda che se ne pentì, e se ne rimproverò mentalmente secondo una sua particolare abitudine: «Pezzo de somaro, questo è 'n signore che ce va 'n carrozza, giusto pe' vvedè la luna, e l'osterie manco le guarda....»

Infatti il principe gli rispose: - No, mio caro, io vado spesso da quelle parti, ma molto fuori dell'abitato....

- Se capisce! - si affrettò a gridare Cecco, - anzi mi scuserà la libbertà che mi son preso...

- Cecco, detto Scacciapensieri, eh? - soggiunse il principe ripensando a quel soprannome che lo aveva colpito.

- Sissignore per servirla.

- Siete voi?!

- Io in persona.

«Che notte strana e favolosa è questa per me! - pensò il principe; - mentre dopo ore di lotta e di spasimo, deciso, cerco la Morte, la Vita m'aspetta sul lastrico, m'accoglie ridendo su due materassi sudici, e mi dà per compagno un uomo che puzza di vino e si chiama Scacciapensieri!»

Cecco lo fissava coi piccoli occhi posti a cavaliere del suo gran naso rosso: avrebbe avuta una gran voglia di parlare, ma poi si accontentava di guardarlo così, fisso, e di pensare. Pensava: «Che razza di animale sarà mai questo, che si voleva ammazzare, mentre aveva ancora chi sa quanti quattrini in tasca! Già, quando s'è detto signore, s'è detto matto! Guarda un po' se questa è l'ora da andare a passeggiare in *botte*, alla mezza notte! che nun incontri un cane che te veda! manco 'n amico che schiatti d'invidia... Pori quadrini!! Basta: per me ci guadagno sempre: meglio che all'ospedale qui si sta. Te ce rifiati a questo freschetto! È un gran bel mestiere fare il signore, ha ragione la mi' Esterina!!» E gli occhi gli brillarono pensando alla giovane e bella moglietta che s'era presa da poco tempo, e che a quell'ora doveva dormire sola sola, nella loro cameretta, in quella ultima casa solitaria, e forse non si sognava nemmeno che il suo Cecchino le stava per passare sotto le finestre, disteso in *botte* come un *lorde*, per andare a veder sorgere la luna dietro le tombe della via Appia!

Non c'erano che due cose capaci di fargli venire lucciconi di desiderio al solo nominarle: la moglie e il vino. Era dunque naturale che il ricordo di una gli richiamasse quasi sempre il ricordo dell'altro.

«Eppure, - pensò infatti Cecco, - questa sigaretta è fina, non c'è che dire, in carrozza ci si va bene.... ma io sento che qualche cosa mi manca! 'Na *fojetta* almeno ce ne vorrebbe! Ma sì! Come faccio a dirglielo? Chi sa perchè me metterà tanta suggezione questo morto resuscitato!»

E intanto la porta San Sebastiano era passata, e le cento osterie della grande arteria romana incominciavano a sfilare, e ognuna diceva misteriose e dolci parole al cuore di Cecco il quale rispondeva con tanti sospiri. Le loro scarse luci affumicate risplendevano come tanti fari per gli occhi suoi di assetato navigante, e ciascuna lasciava un più triste buio nella sua anima.

«Coraggio, Cecco! Ecco quella de *Riviecce* ce l'ha bono da 8.... e dijelo, sbrighete!» gli gridava lo stomaco con quanta voce aveva. Ma sì! la lingua stava ferma e *Riviecce* passava.

«Coraggio, Cecco! Ecco *Morimo ritti*. Se te ce fermi con la carrozza e con un avventore cusì, te fa credito pe' un mese de seguito: e pparla, per dio!»

Ma che! la lingua non si voleva muovere e quell'accidente di vetturino tirava, proprio in quel punto, una frustata al cavallo, e così *Morimo ritti* passava anche più presto di *Riviecce*. E passava *Vacce Forte* come un sogno, e passava Monte d'oro e quella del *Colombario* e quella della *Ninfa Egeria*.... Era una disperazione da strapparsi tutti i capelli.

Quando si fu proprio persuaso che il coraggio gli mancava, e in tanto c'era poco a casa sua, e proprio davanti a casa sua stavano le ultime due osterie, e se lasciava passar quelle, addio! era fritto! incominciavano, «che Dio ci scampi e liberi, li sepolcri con la luna sopra,» i quali altrettanta consolazione parean promettere al suo macabro compagno di viaggio, quanta noia promettevano a lui: allora fu preso da un feroce disprezzo di sè stesso, e incominciò a insultarsi, a dirsene di tutti i colori: «vigliacco! infame! ladro! assassino! bojaccia....» E da principio se le diceva mentalmente; ma poi l'ira dilagante e l'esuberanza stessa del suo vocabolario romanesco richiesero l'inconscio aiuto delle labbra e della lingua, e finalmente anche quello delle corde vocali, sì che il principe fu scosso a un tratto in mezzo a una sua tetra fantasticheria, udendosi vicino una salva di atrocissime ingiurie.

- Che cosa dite?! - esclamò il principe. - Con chi l'avete?

- Eh?! - fece Cecco trasecolato anche lui, - e chi lo sa? l'avevo.... così.... col Destino!

- Anche voi?... portate indegnamente dunque il vostro soprannome, o forse siete bravo soltanto a scacciare i pensieri degli altri.... la qual cosa è tanto facile!

«Sangue d'un cane! - pensò Cecco, - se mo' incomincia a filosofà, addio fojetta per davvero!» e allora finalmente sentì il suo cervello dare come un guizzo e scoccare la sua geniale scintilla. Aveva trovato l'*attacco* giusto, e gridò:

- Guardi lei se non ho ragione di dire che il Destino è infame! Davanti a casa mia ci son due osterie: una è d'un zagarolese che te dà benzina pura garantita, da fa' cammina' l'automobbili; e quell'antra è d'uno de Genzano, un galantomo de razza, che ci ha le vigne al paese e il vino come je vie ggiù dall'uva così lo porta al banco, veritiero, genuino, senza sofisticherie; s'è agro, agro; s'è dolce, dolce: ce senti dentro le qualità dell'uve, un profumo che se chiudi l'occhi, te sembra d'esse al tinello.... Ebbene, sissignore, quel zagarolesaccio fa pieno la sera e conta quattrini a manciate, e quell'altro disgraziato.... conta le gambe alli panchetti.

- È naturale che sia così, - disse il principe. - Al genzanese non rimane che adattarsi o ammazzarsi. - E per la durezza ricercata di queste parole, traspariva il pianto.

Ma Cecco voleva andar diritto al suo scopo, ormai che aveva trovata la strada buona:

- Crede che ci abbia fatte poche quistioni io, colla gente? Ma sì! L'uomo ha la testa dura; va attorno all'inganno come le mosche attorno alla sporcizia. Eccoli là!! Eccoli là!! - gridò a un tratto alzandosi quasi in piedi, - vede quei due lumi ultimi? il primo, quello più grande, è di quel ladro patentato, e quello sotto, più micragnoso, è di quell'altro, onesto come l'oro!... Faccia rallentare! vedrà se dico bugia: il primo sarà pieno e il secondo sarà voto.... vedrà! Eppure vorrei farglielo sentire quello bianco asciutto da 8!... Robba da principi!!

Il principe che lo guardava parlare e spasimare con un sottile sorriso, in cui c'erano, strano connubio, della compassione e dell'invidia, a quest'ultima uscita, non potè trattenere un breve scoppio di riso.

- Roba da principi, - mormorò a fior di labbra, - che gente fortunata, i principi, è vero?

- Ci sono dei principi che non bevono vino: quelli son più disgraziati di me! - gridò Cecco con una voce in cui sembrò tremare un ignoto spirito profetico, tanto disperatamente egli si tendeva tutto verso l'ultimo faro del genzanese che ormai era a un tiro di sasso, e oltre il quale già si disegnavano i paurosi profili degli acquedotti e dei sepolcri, illuminati appena dalla luna nascente.

- Che povero scacciapensieri siete, - disse ancora il principe sorridendo, - se avete bisogno del vino per liberarvi dalle vostre pene!

- No! Io ho una pena sola al mondo: la sete! Ma quando Cecco ha sete non è Cecco: tutti lo sanno; se si vuol conoscer Cecco bisogna prima levargli la sete! - gridò Cecco disperato.

- E sia: conosciamo Cecco! - disse quasi tra sè il principe, poi gridò: - Ferma!

Il vetturino fermò quasi di botto, ma Cecco s'era già scaraventato giù di gran corsa nell'osteria a scuotere l'enorme genzanese che dormiva al suo banco, secondo il solito; e aveva preteso d'illuminarlo con quattro mezze parole sul grande onore che gli stava per fare, e già lo trascinava trasognato e pur sorridente fuori dell'osteria. Insieme aiutarono il principe a discendere nella bottega e a sedersi a un tavolino: a quello di destra più vicino al banco.

C'era da scegliere; erano tutti liberi, salvo uno: quello di sinistra più vicino all'uscita, sul quale erano tre mezzi litri vuoti, un bicchiere pieno, e la testa d'un uomo tutta rasata. Se quella testa non avesse russato, sarebbe stato facile scambiarla, così posata sul marmo, con un pezzo anatomico, in attesa del bisturi.

Cecco la degnò appena d'una occhiata di sbieco; riconobbe subito «Testa di morto» l'accattone più facinoroso della contrada, col quale anzi una volta aveva avuto che dire, e brontolò: - Stasera è grascia! A chi li avrà rubbati?

Ma subito che il principe fu seduto, Cecco ebbe ben altro da fare che badare a «Testa di morto».

Ah! se Cecco avesse potuto invece sapere perchè quell'uomo stava lì!

E se chi pagava quei tre mezzi litri a «Testa di morto» avesse potuto mai vedere in che modo questa spregevole carcassa compiva il suo dovere di piantone?!...

Ma Cecco scaricava le sue minuziose istruzioni nel bovino cervello del genzanese.

- Dateme retta, Giggi, che questo nun so chi sia, ma è un pezzo grosso: domani verrà sul giornale!!... e ce verrete pure voi!... se me fate fa' 'na bbona figura!... De quello lì, ci avete a da'! - diceva indicando una delle tre botti che stavano in fila dietro il banco. - Quelli no! cavate fuori due bicchieri de cristallo.... È alzata la vostra figliuola?...

- Sì; riguarda il bucato di là.... Perchè?

- Perchè bisogna farglieli lavare a lei i bicchieri, e anche er litro.... che risplenna....! se no c'è pure er caso che se schifi.... Allora ce famo 'na bbella figura, io e voi!... - E così di seguito.

Quando gli parve d'aver detto tutto, prese una salvietta di bucato e corse egli stesso ad asciugare un po' di vin rosso che era sul marmo del tavolino prescelto, e continuò poi a sfregar questo marmo con tutta la sua forza per qualche minuto, come se volesse cavarne faville.

- Basta! Basta! - ripeteva il principe sorridendo.

Venne la figlia del genzanese, una bella e forte ragazza di diciotto anni; lavò i bicchieri sotto la cannella finchè non li sentì scrocchiare tra le sue mani rosse; li asciugò con gran cura, ripassandoli con una salvietta di tela, perchè non vi rimanessero peli attaccati; poi li diede al padre.

- Vede? - osservò Cecco. - Ecco un'altra causa della disgrazia di quest'oste: ha una figliuola che par fatta dalle mani di Dio: nossignori, non vuol che serva gli avventori: gli altri farebbero a pugni per averci un richiamo simile!... e lui....

- L'onestà prima di tutto, - confermò il genzanese che portava i due bicchieri sopra un piatto tutto dipinto a fiori. - Se mi va a male il negozio lo chiudo e torno in campagna, mio caro signore; ma se mi va a male la figliola, che faccio? Non la posso mica chiudere! - e rise soddisfatto.

- Dice benissimo, - approvò il principe caldamente, osservando con grande interesse la ragazza, la quale, sebbene avvezza a questo paragone paterno, non cessava perciò di arrossirne con una cotal grazia boschereccia da innamorare.

Quando Rina ebbe lavato il litro e lo guardò contro luce limpido e gocciolante, il principe disse al genzanese: - E, a me, in via eccezionalissima, vorreste concedere il piacere d'essere servito dalla vostra brava e bella figliola?...

Rina servì il litro, anche questo sopra un piatto tutto dipinto a fiori. Le si aggiunse nuovo rossore sul vecchio, e i denti per questa ragione sembrarono più bianchi e gli occhi più splendenti all'ombra delle lunghe ciglia nere.

- Quanta salute! - esclamò a fior di labbra il principe, e pensò: - Che il segreto della Vita stia tutto lì: nell'avere una salute come quella! - Poi soggiunse: - Riempici anche i bicchieri, che noi li vuoteremo alla tua felicità! Sei contenta?

- Grazie, - disse Rina, e mescè.

- Sentiamo un po' - disse il principe. - Che cosa aspetti tu dalla Vita? Che cosa desideri? Che cosa chiedi?

- Ma!... Non saprei, - rispose Rina alzando un po' le spalle. - Tutto quello che mi succede mi piace! L'ha fatto così bene Domineddio il mondo!

Negli occhi attenti del principe passavano ombre e sorrisi.

- Ci ho un dispiacere solo, - continuò Rina, - quello di non avere conosciuto la mia povera mamma: ma mi consolo perchè la vedrò in paradiso.... E poi il babbo mi vuol tanto bene....

- E così, - disse il principe immergendosi sempre più in una dolce stupefazione, - tu non desideri nulla?

- Oh! Ma noi si può bere lo stesso! - gridò Cecco che non resisteva più a star col naso sul vino senza bere, - perchè le ragazze non dicono mai quello che desiderano!

Il principe bevve d'un fiato il bicchiere che Cecco gli tenne, ma senza sapere ancora levare gli occhi da quel benefico e nuovo spettacolo che la vita gli offriva (nè sapeva se per fargli bene o male); e per la prima volta gli passò nel cuore un certo senso di sollievo per esser rimasto vivo, per avere ancora orecchie e occhi, per udire e per vedere.

- Sì! Sì! ha ragione il nostro Cecco, caro signore! - tonò Gigione il genzanese, - se sta a aspettare che lo dica lei! Ma io lo so bene quello che desidera la mia ragazza.... Una certa casa sulla piazza del paese, vero Rina? tutta rimbiancata di fresco,... - e Rina si rifaceva rossa come un geranio - .... che appena entrati ci si senta un profumo di farina, di prosciutti, di spezie, di mobilia nuova, di biancheria pulita, un cantar di galline, un ridere di bambini.... Eh? Rina?... Poi cinque vignarelle da sommare a quelle che ti lascerò io....

- Basta, babbo! - gridò Rina scappando nel retrobottega.

- Come «basta»? - gridò lui. - Se me fermassi qui ce mancherebbe er mejo! E che sarebbe sta grazia de Dio, se nun te ritornasse tutte le sere 'l tu' Pippo con le primizie della vigna, e con la voja de baciatte!

- Ah ah! - urlò Cecco. - È un ber giovane Pippo! un vero rubbacori! - e riempì di nuovo i bicchieri: - Mo' che sapemo tutto potemo béve con più cuscienza! - e bevve il secondo d'un sol fiato.

- Fegataccio sa, signore? questo Pippo, - continuò il genzanese vedendo che il principe lo guardava come chiedendogli di seguitare, - fegataccio, sì, ma giusto, e de core bono! Due polsi, a vent'anni, che passano i miei, cavalcatore, giostratore, cacciatore che non ha l'eguale.... e Rina non perchè sia la figliola mia.... ma è proprio la donna che je ce vole.... Eppoi già, appena visti se so' voluti bene!...

- Io bevo per la felicità della vostra Rina! - gridò il principe rosso in volto e commosso. - Fatemi bere!

E Cecco con gran letizia l'ubbidì, facendo scolare anche l'ultima goccia nella bocca del principe. Poi, prima di bere il suo terzo bicchiere, lo alzò gridando: - Sicchè, aspettiamo li confetti!

- Bisognerebbe che venissero presto davvero, - borbottò Gigione con un mezzo sospiro, e assicurandosi bene che Rina fosse abbastanza lontana per non udirlo.

- Perchè? - fece Cecco.

- Perchè, caro mio, quello nun è omo da stasse fermo: se nun è caccia permessa, è caccia de frodo! Intanto che aspetta la sua, ho paura che s'ingegni con le donne dell'altri!...

- Quello se capisce! - interruppe Cecco.

- Già, - disse Gigione, - ma almeno se le andasse a cercare un po' distante di qui.

- Che? ci ha niente niente, quarche giretto qui vicino? - dimandò Cecco ridendo.

- State zitto! - fece Gigione dondolando il capo pensieroso. - Non ho potuto saper dove preciso, ma ci giurerei che non è a cento metri di qui! Avete a sapere che alle nove ha salutato Rina quel birbaccione, perchè, dice, che andava su al paese; e invece un'ora fa, - e chinò il capo tra il principe e Cecco, sussurrando le parole in mezzo ai folti baffi, - un'ora fa l'ho visto io, qua sull'angolo, sotto il lampione; che se lo sapesse la povera Rina mia, je verrebbe chi sa che male!

- Nun avete provato a mette 'l zippolo a quella botte de veleno là? - disse Cecco accennando con disprezzo all'accattone che russava più forte di prima. - Quello sa li fatti de tutti, garantito.

- Ho provato, nun parla.

- Dateje un paro de pugni bboni, come feci io, 'na vorta!...

- Ma io lo so.... l'ho indovinato perchè non parla quel "Testaccia di morto", - ribattè il genzanese soffocando sempre più il suo vocione, - perchè quelle tre fojette là son pagate da lui, da Pippo....! ce giocherei la testa che son pagate da Pippo.... perchè je tenga mano.

- Pol essere, sicuro! - sentenziò Cecco ricaricando i bicchieri fino all'orlo, e presentando poi il litro vòto all'oste.

Quando il genzanese l'ebbe riportato pieno, e si fu poi anche riaccomodato al suo posto solito, appoggiando il gomito nudo al banco e la testa alla tozza mano, dimostrando l'intenzione di licenziare i noiosi pensieri e aprir le porte a quella brava gente che sono i sogni; Cecco allora si rivoltò tutto verso il suo strano compagno, con una mossa che pareva significare: - Finalmente, a noi! possiamo un po' parlare dei fatti nostri!

E infatti incominciò: - Ce sarà una cosa che faccia più bene der vino? Eh?... Già ve vedo che state mejo.... e avete bevuto solamente due bicchieri.... tre con questo che ve do' adesso.... Che so' tre bicchieri?! robba da ride! E pure!... - Si fermò perchè s'accorse che, senza volere, aveva ridato del *voi* a quel pezzo grosso; e pensò ridendo di cuore: "Non foss'altro che questo: je rido del *voi* e manco se n'avvede.... Perchè? perchè er vino è come Dio: pett'a lui so' tutti uguali.... nun conosce nè poveri nè signori!"

A metà del secondo litro, mentre il genzanese si era già definitivamente congedato dai suoi pensieri, e di Rina il principe non vedeva più altro che una mano, di tanto in tanto, allungarsi per prendere a uno a uno i panni dal monte del bucato, sotto la luce verdolina del gas, nella stanzetta accanto; il cuore di Cecco era stato stretto da una infinita compassione per il suo compagno.

Così aveva preso tra le sue una mano del principe, il quale se n'era avvisto sì, ma non se n'era punto maravigliato come di cosa naturalissima; e gli aveva incominciato a parlare in questo modo:

- Amico! damme retta a me che te vojo bene! Ce giocherei l'anima che tu ci hai quarchedduno che te vor male, che te vorrebbe véde a magnà l'erba co' le bestie!... e tu je dai la soddisfazione d'ammazzatte!... E te pare de fa' 'na bbella cosa?!... Ma io vorrebbe magnà e béve co' li quadrini che ci hai tu.... E scarrozzaje davanti da la mattina a la sera.... Uh! - e s'addentò l'indice, - s'averebbero da rivoltar ne la polvere come li cani, dalla rabbia de vedemme ingrassà! E ccusì, quanto un ber giorno er fiele je farebbe 'n botto, come a certi morti.... Pah! e te li vedressi a cascà davanti verdi! E tu allora gli avressi da métte un piede addosso, e dije: Ve sta bene, ve sta, brutti puzz.... Come? nun dico giusto?! Che ci hai da scotere il capo?

- Io non ho nemici, mio caro, - disse il principe, senza levare gli occhi attenti e lucidi da quel monte di bucato che calava lentamente là nel retrobottega.

- Ah! impossibile! - urlò Cecco.

- Non ne ho, - ribattè l'altro, - oppure non so di averne; il che vale tanto come non averne.

- E allora? Che cerchi?

- Tutto il male che ho avuto nella vita, - disse lentamente il principe, - me l'hanno fatto quelli che m'hanno voluto bene.

- Gli amichi! li parenti!... Ammazz....

- No, no, no, no! - gridò il principe. - No! non si tratta di falsi amici nè di parenti malvagi. Sono stati mio padre e mia madre che m'hanno fatto il più gran male!

- Che me dichi?!

- Sì! Sì! - continuò l'altro con strazio, - anche mia madre! M'hanno fatto credere in un mondo che mi piaceva tanto, e poi sono morti: e io son dieci anni che brancolo cercando e frugando per trovare quel mondo là, capisci? e non lo trovo... non lo trovo perchè non c'è! perchè era una menzogna! Tardi, ma l'ho capito!... Eppure che cosa devo fare io se quello era l'unico mondo dove m'ero preparato a vivere, era l'unico mondo dove avrei potuto vivere!... Perchè m'hanno ingannato? perchè? Io non lo so. Le bestie non fanno così. Le bestie sanno che cosa bisogna insegnare ai loro piccoli perchè imparino a vivere tra le bestie, a nutrirsi, a combattere, a vincere!

Cecco rimase addirittura sconcertato: strinse la bocca, chiuse gli occhi come se si accingesse a pensare. Ma, a un tratto, cambiò rotta. Afferrò il litro, riempì il bicchiere del principe e glie l'accostò alle labbra senza dir verbo. Il principe bevve.

- Finchè si fanno di quei discorsi lì, è segno che non si è bevuto abbastanza! - sentenziò Cecco.

Ci fu una lunga pausa, durante la quale gli occhi già lucidi del principe sembrarono annebbiarsi e tremare sotto il peso delle palpebre: ma quando proprio pareva ch'egli dovesse addormentarsi, tirò fuori una lunga lunga e strana risata senza rumore, poi disse:

- "Sarai deputato, sarai ministro, ambasciatore.... la tua parola franca, i tuoi studii, i tuoi ideali sublimi ti porteranno in cima a tutti gli onori!..."

Abbozzò un'altra risata, e poi con furore quasi gridò: - Ma non sarebbe stato meglio dirmelo subito a che prezzo si aprano tutte le porte? a qual patto si vinca veramente in questo sùdicio mondo?!

E due lacrime discesero brillando sul suo pallore.

Cecco rimase un pezzo a guardarlo imbambolato, poi si girò sul panchetto scuotendo forte la testa; e diceva ad alta voce, ma come tra sè:

- Me pare de sognà! S'ha da di' male de la Vita! la vorrebbero più bona, più condiscendente, più allegra! Ma nun lo vedeno che tutto quello che arzigogola lo fa per diverticce, poverina, e pe' ffacce ride! E nossignori: ce so' certi ingrati che vonno piagne pe' fforza, je vonno fa' le boccacce! Eeh.... eeh.... (e qui faceva certe strane boccacce di pianto da neonato). E ffate come me! che ve possino brucià vivi come Giordano Bbruno! Fate come me che pijo tutto per gioco e rido de tutto.... che me spacco dal ride.... e manco.... Che c'è? - fece Cecco rivoltandosi mezzo spaventato.

"Testa de morto", ancora con gli occhi socchiusi, lo guardava e digrignava i denti e biascicava, come volesse ridere e parlare.

Che diavolo gli voleva dire?

Vuotato il bicchiere che gli stava pieno davanti, "Testa de morto" riuscì a dire quel che voleva:

- Oh! te! Si hai tanta voja de ride.... perchè nun vai.... a da' 'n'occhiatina su.... a casa tua?!

Detto appena questo, stralunò gli occhi e ricadde sul marmo del tavolino.

- Sporca bestia senza padrone! - rantolò Cecco, alzandosi. Poi súbito scosse le spalle e fece una gran risata, e si rimise a sedere rivoltandosi al suo compagno.

Ma il principe non lo udiva nè lo vedeva più. Aveva ora gli occhi chiusi e sulle labbra un piccolo sorriso dolcissimo. Rina, lieta forse di esser vicina al termine del suo lavoro, aveva incominciato a cantare una vecchia nenia dell'Agro, ed egli, certo a quella nenia, s'era addormentato.

Cecco, vedendo quel giovane stanco piegarsi lentamente verso il tavolino, provò per lui un vero senso di protezione paterna, e pensò: "Guarda come s'addormenta bene al canto! Mica è un omo, questo! è un bambino: je ce vorrebbe la mamma che l'addormentassi così tutte le sere!"

Ma quando Cecco si vide solo in mezzo a quella gente che pareva tutta morta, ebbe paura di qualche cosa. Volle ridere: ma poi ci ripensò e capì che era inutile. Che serviva ridere ora che quella sporca bestia, quel "Testaccia di morto" gli aveva cacciato i suoi denti da cane nel cuore?

A un tratto si trovò nella destra un *bísturi*.

Come? Quando l'aveva cavato dal suo astuccio senza avvedersene?... Se lo nascose presto nella tasca della giacca.

S'alzò pian piano, andò a guardare dai vetri dell'uscio, poi l'aprì: stette a contemplare la sua casetta lì di faccia, che sembrava un giocattolo dimenticato da un bambino sotto una pioggia di stelle,

"Che ce vado a fa'?!" disse forte Cecco riscrollando le spalle. Ma non si mosse dalla soglia dell'uscio.

E come si mosse, fu per traversar la strada: "Servirà pe' ffaje una sorpresa.... pe' daje un bacio che nun se l'aspetta!..."

Intanto il principe sognava. Sognava una gran casa sulla piazza d'un paese, tutta imbiancata di fresco di dentro e di fuori, piena di prosciutti, di farina, di panni lavati, di galline, di bambini ridenti, dov'egli era padrone, e Rina era sua moglie. Gli pareva di ritornare allora allora dalla caccia e di scaraventare il carniere in mezzo alla cucina per abbracciar presto la sua bella massaia. E gli pareva di durare un gran pezzo a tempestarla di baci sul viso rosso infuocato, finchè, alzando la testa, vedeva sul muro, appeso, tra i prosciutti, un ritratto antico, dall'abito uguale a quello di un suo antenato, ma con la faccia di Cecco tale e quale, che rideva e gli diceva movendosi: "Vedi, vedi che la vita è allegra? Vedi che avevo ragione io?!" Allora aveva incominciato a ridere anche lui, ma di cuore, come non si ricordava di aver mai riso in tempo di sua vita; e ridendo giù a scroscio, guardava Cecco e gli ripeteva a perdifiato: "Grazie Cecco! Grazie Cecco! Grazie Cecco!..." e il suo riso cresceva ancora, e lì appesa la faccia di Cecco gli continuava a dire: "Vedi? Vedi che la vita è allegra? Vedi che avevo ragione io!?..."

Ma Cecco, il vero Cecco, a quell'ora, allagava la sua casa di sangue.

E la povera Rina cantava ancora!

IL CAVALIER ALLEGORIA.

- *Seconda?* - domandò il facchino correndo avanti.

- *Prima!* - rispose il cavalier Allegoria con lo stesso calore con cui noi grideremmo "Viva l'Italia!".

- Tutto per lei! - gridò il facchino spalancando lo sportello d'uno scompartimento vuoto e facendovi quasi volar dentro la valigia che portava.

- Piano! piano!... un po' di riguardo, per quello Iddio! È vera vacca! - strillò il cavaliere arrivando tutto ansante e saltellante. Poi subito, rigirandosi di qua e di là in gran fretta e battendo le mani presto presto, incominciò a gridare: - Giornalaio!... Birraio!... Psss...! Cuscinaio!... Sigaraio!... Psss!

Molti viaggiatori corsero ai finestrini credendo di vedere qualche cosa di molto interessante. Ma rimasero male: perchè videro solamente un omino rubicondo e ritondetto, tutto vestito a nuovo, tutto lustro, che, con un vertiginoso crescendo, comperava due cuscini, tre riviste, quattro giornali, cinque sigari.... e che avrebbe forse bevuto sei bicchieri di birra se il controllore non lo avesse fatto salir su in gran fretta, che il treno si muoveva già.

Appena serrato nella tiepida e morbida gabbia di velluto rosso, il nostro cavaliere si soffiò il naso con un fazzoletto di seta gialla, sfacciatamente profumato alla violetta; indi si sgravò di un bel soprabito nero con fodera di seta ed apparve in una mirabile giubba a falde, nuova fiammante.

Ah! quanto mai doveva piacere al cavaliere quel suo vestito! Ce ne volle prima che si saziasse di mirarselo. Ma pure, alla fine, seppe staccarne gli occhi; e calcatosi in capo uno smagliante berretto a scacchi e arricciatosi con infinito amore certi suoi piccoli baffi biondicci dinanzi ad uno specchietto tascabile, si sprofondò soavemente nel molle sedile e si concesse il lusso di pensare:

"E dire che io ero così contrario a questa guerra!" pensò il cavaliere. "Invece ci ho messo pancia e portafoglio! Due buoni amici!... Eh! eh! eh!.... Ma chi l'avrebbe mai detto?... Mi si riconoscevano delle qualità: questo è indubitato. Delle belle qualità di organizzatore. Allegoria di qua, Allegoria di là. Nei balli, per esempio.... nei funerali, ero desideratissimo: mi si trovava addirittura geniale, qualche volta; ma che avessi il bernoccolo del grande affarista, questo non se l'imaginava nessuno. E nemmen io me l'imaginavo. Ci voleva la guerra, per quello Iddio! Grande rivelatrice! dicono bene i giornali.... Però, tutto sommato, mi sembra ancora un sogno.... Un gran bel sogno! Ripensare a quel primo affaretto dei binocoli dove rischiai tremando lo stipendio di un mese!... È stata una fungaia: uno ha tirato l'altro.... e sempre uno più grosso dell'altro.... fino a quest'ultimo delle borraccie.... Pare uno scherzo! un problemino per la prima elementare. Mezzo milione di boraccie di guadagno per borraccia. Un milione di soldini!... Ah! santa, santa Guerra!... me lo potevi dir prima!... Già me lo sarei dovuto imaginare: la Guerra è donna.... e le donne, per me, hanno sempre avuto un debole.... Oh! Oh!... guarda come m'è venuta carina senza cercarla! - esclamò a questo punto il cavaliere; e si concesse un buon quarto d'ora di riposo mentale.

"Veramente - riattaccò poi a pensare - in mezzo a tante rose, la spina c'era. Quel povero ragazzo.... il sangue mio.... là sull'Isonzo, proprio dove se le dànno più grosse! Che me ne sarei fatto di tutti questi bei denari, se il mio Ginetto.... Ba! ba! ba! non ci pensiamo nemmeno, se no, addio digestione. Al diavolo i neri pensieri, che anche questa è già per metà accomodata. Il ragazzo ha saputo ammalarsi a tempo. Adesso tocca a me a far l'altra metà. La più difficile! Ma, non sono il cavalier Allegoria, se io non mi riporto a casa il mio Ginetto riformato!"

Gettò nel portacenere il primo Avana, accese il secondo, e sorprendendosi in una magnifica posa da banchiere, rientrò trionfalmente nel primo tema della sua muta sinfonia.

"Sissignori! il salto è stato bello: da *duemila e tre*, a capitalista!... Eppure è così. Chi m'invidia crepi pure; ma non c'è rimedio. Bisogna vedermi viaggiare in *prima*, vestito come un *mylord*, con un sigaro in bocca che sembra una salciccia, proprio come un vecchio re della finanza.... Vecchio.... del mestiere, intendiamoci; non di età, perchè mi sento, per quello Iddio, certi fumetti per il capo, questa sera.... peggio che a vent'anni!... A proposito; guarda questi magnifici cuscini se non par che dicano: *Cherchez la femme!*... E perchè no?... A che cosa serve viaggiare in *prima* e di notte, se non si cerca un po' di avventura?..."

Una soffiatina alla cenere della manica, un biscottino a quella del ginocchio, un'altra amorevole occhiata allo specchietto, un po' di essenza di violetta alla punta dei baffi, una pastiglia di menta in bocca, un buon colpo alle reni per star più dritto, e il rotondo cavaliere infilò brillantemente il corridoio.

Non era passata mezz'ora, che, schizzando fuori, tutto rosso e scomposto, da uno scompartimento di *seconda*: - Che tempi! - gridava. - Non si può più offrire i propri servigi ad una signora che si buscano dei mezzi ceffoni, con tanto di minaccia di tirare il campanello d'allarme! È una bella porcheria!... Dopo tutto, ero io che mi degnavo di viaggiare in *seconda* per farle compagnia!...

Così, brontolando e soffiando, sballottato goffamente un po' di qua un po' di là, andava, andava pieno di dispetto, di carrozza in carrozza.

Ma non dimenticava la sua brava sbirciatina ad ogni scompartimento, e via via strideva:

- Ufficiali, sottufficiali, caporali e soldati: soldati, caporali, sottufficiali e ufficiali.... ma non ci son dunque più donne in Italia?

Senza avvedersene, trasportato dal suo bollore, era passato in una carozza di *terza*.

Ad un tratto, gettò un vero e proprio urlo.

La sua faccia diventò bianca come una rapa, poi ritornò il doppio più rossa di prima: le gambe furono in forse su quel che dovesser fare; ma finalmente rigirarono il loro rotondo padrone e lo riportarono pari pari, in gran fretta, al suo solitario scompartimento di *prima*.

Che mai aveva veduto di così spaventoso il nostro cavaliere?

Aveva veduto suo padre.

Sì. Purtroppo, data la solidità del suo sistema nervoso, impossibile sperare in una allucinazione! In fondo a quel corridoio di *terza*, a pochi metri da lui, dritto davanti a un finestrino aperto, sfidando col petto quadrato la stellata tramontana, fierissimamente puntellato alle sue stampelle, c'era suo padre.

Dove poteva mai andare quel vecchio invalido che da dieci anni almeno non saliva in un treno, e che neanche per il terremoto del '95 aveva voluto passar la notte fuori di casa? E poi (ad onta di quel mezzo accidente che gli era preso), non aveva il nostro cavaliere benissimo veduto la barba paterna accuratamente rasa, e nella bocca paterna una certa famosa pipa di schiuma, e sotto la giacca paterna tanto di camicia rossa? E potevano forse mancare appuntate a quella camicia le relative undici medaglie? Altissima tenuta, dunque; compiuto assetto da gran cerimonia!

Non v'era dubbio possibile. Padre e nonno avevano la stessa meta: il loro Ginetto ammalato.

Appena rimesso a posto il sangue, il cavalier Allegoria recapitolò la sua posizione, napoleonicamente, con due parole:

«Siamo fritti.»

«Però, - soggiunse dopo cinque minuti di abbattimento, - possediamo ancora due superiorità sul nemico. Prima: lo abbiamo individuato senza scoprirci. Seconda: disponendo di mezzi fisici e finanziari superiori, potremo precederlo e difficoltargli l'azione.»

E fiero di questo inaspettato risveglio del suo spirito, nonchè della terminologia già così bene assimilata in soli sedici mesi di guerra europea, assicuratosi bene che le piccole falde gli aderissero senza pieghe, allungò senz'altro la sua breve persona sui molli cuscini, chiudendo languidamente le palpebre.

L'invocato sonno non tardò a venire, e durò tutta la notte, e fu uno di quei sonni dolci e ristoratori quali la coscienza concede a coloro che per tempo l'hanno avvezzata a star zitta.

E fu lui infatti, il nostro roseo cavaliere, il primo ad arrivare al modesto ma incantevole ospedaletto che la piccola città di Riviera aveva offerto ai soldati d'Italia.

Quando il vetturino, a capo di un'erta, fermò i suoi due cavallucci ansanti e fumanti al fresco mattutino, e disse: - Siamo arrivati! - il cavaliere calcolò che nella peggiore ipotesi un'ora di vantaggio sul nemico gli fosse garantita dalla lunga e faticosa strada; e diede una rapida occhiata al suo prossimo campo di battaglia.

Era un delizioso albergo cinto di rose eternamente fiorite, di palme eternamente verdi e di aranci, allora carichi di frutti, preso e trasformato d'un tratto in ospedale. Era stata così rapida la trasformazione, che l'allegro edifizio non se n'era nemmeno accorto e seguitava ad offrire con sorridente furberia le sue bellezze, come se ci fosse ancora il *bureau* incaricato di metterle in conto.

- Carino, - disse il cavaliere; poi scese dal legno e pensò: «Per quello Iddio, qui bisogna fare un'entrata memorabile». Si nascose nella mano un «bel foglio da cinque» e si diresse a un soldato anziano e magrissimo che stava sulla porta.

- Siete il portiere dell'ospedale?

- Sissignore.

- Io sono il cavalier Allegoria, padre del sottotenente....

- Rallegramenti. Secondo piano, camera 22, salga pure, - interruppe il soldato.

- Va benissimo.... - continuò il cavaliere cercando di infilare il foglio da cinque nella destra del soldato, - ma siccome la buona regola insegna a incominciare sempre dal farsi amico il portiere.... e avrò veramente bisogno di voi per certe informazioni....

- Che cos'è questa roba? - disse il soldato sentendo quel solletico dentro la mano, e siccome era un po' miope, portò il foglietto così vicino al naso che parve lo volesse annusare.

- Ah! cinque lire?

- Beverete alla mia salute....

- Questo poi no! signor cavaliere! - rispose semplicemente il soldato, - non è tempo di bere, questo. Adesso glie lo faccio vedere io che cosa deve farne dei quattrini, se ne ha troppi! Guardi: lei mette queste cinque lire, io ci metto due soldi, più non posso, capirà, ero spazzino, e ho cinque figlioli piccoli.... facciamo un bell'involtino, così, e lo ficchiamo qua dentro. Ecco fatto. Va bene?

Il cavaliere, guardando a occhi sbarrati le sue cinque lire precipitare con i due soldi del soldato dentro una cassetta bianca su cui splendeva una croce rossa, non potè fare a meno di esclamare:

- Che tempi!

- Gran tempi! - esclamò il soldato.

- Già. Precisamente! - si affrettò a confermare il cavaliere. - Vorrei però un piccolo piacere da voi.

- Se posso, volentieri.

- È semplicissimo: tra un'oretta circa, arriverà qui un veterano garibaldino con una gamba sola e chiederà anche lui del sottotenente Allegoria. Bisognerebbe farlo aspettare qui e venirmi ad avvisare perchè non desidererei incontrarlo.

- Vada pure.

- Grazie tante! - fece il cavaliere; e infilò in fretta le scale lasciando nell'aria pregna di acri odori d'etere e di iodoformio, una larga scia di violetta.

Al primo pianerottolo si arrese all'invito di un gigantesco specchio. Si fermò. Si rigirò da destra e da sinistra. Che meraviglia! Il suo Ginetto sarebbe restato allibito vedendolo, e si sarebbe finalmente formato un giusto concetto del valore del suo papà.

"Ma insomma - direte voi - lo scopo del cavaliere era quello di vedere il figlio o quello di farsi vedere dal figlio?"

"Che colpa ne ho io - vi risponderò - se era più questo che quello?"

Del resto, il cavalier Allegoria era logico.

Possedeva un cervello capace di ridurgli qualunque cosa, per grande che fosse, alla sua statura: metri 1.52! Perchè non servirsene anche di fronte a questa immane guerra europea che spaventava tutti? Ed eccovela ridotta alle proporzioni di una nana rumorosissima.... ma quasi innocua per chi sa scansarsi a tempo.

Ragione per cui il fatto che il suo Ginetto vi avesse preso parte, il fatto ch'egli si fosse trovato viso a viso col feroce nemico in quelle furibonde tempeste d'odio e di fuoco dove si fucinano anime giganti, aveva per il cavaliere una scarsissima importanza. Se ne era valso, questo sì, in certi casi, come si era valso del passato glorioso di suo padre, al momento opportuno, per stringere utili conoscenze, per far bella figura al caffè, per concludere i suoi buoni affari guerreschi. Ma se n'era valso con la ferma persuasione che quella roba avesse soltanto un valore apparente e transitorio, "un valore da brillante chimico» che bisognava abilmente sfruttare alla luce artificiale del momento.

Che cos'erano i grandi sacrifici di averi e di persona che costituivano la gloria di suo padre, ridotti alla statura di metri 1.52?

«Errori giovanili.»

Per il povero Ginetto, no: non era il caso di parlar di errori. L'avevano «strappato» dalla tranquilla casa paterna, dal suo studietto d'avvocatino che già prometteva, dal suo *Tennis* che gli piaceva tanto.... e là, di botto, in quell'inferno. Tutto quello che si può fare in simili frangenti, è riportare la pelle a casa, e il suo Ginetto l'aveva saputa riportare, se non proprio a casa, per lo meno all'ospedale, cioè a metà strada. E questo, secondo lui, era il vero merito del suo Ginetto; nè pensava a contestarglielo....

Ma, per Dio! lui, nel frattempo, aveva messo insieme un patrimonio!... e questo, via, siamo giusti, era un merito un po' maggiore.

Ridotta in questi termini la questione, cioè alla statura suddetta di metri 1.52, non vi sembrerà più strano che il cavaliere andasse a quella visita più per essere ammirato che per ammirare.

Ma la prima impressione del figlio alla vista del padre dovette essere alquanto diversa da quella che il cavaliere sentiva di meritare.

- Come va che al mio ingresso ti sei tutto rabbuiato? Chi aspettavi?

- Io rabbuiato? ma ti pare, papà? - balbettava il giovane.

- Scommetto che non avevi riconosciuto il tuo vecchio papà, in questa superba *mise*! - gridò a un tratto il cavaliere, tutto felice di avere col suo pronto ingegno spiegato il segreto di quella impacciata accoglienza. - Scommetto che alla prima occhiata hai pensato: «Chi può essere questo *mylord* che mi viene a trovare?»

- Già.... già.... proprio così! - esclamò il giovane sorridendo amabilmente alla scusa offertagli. - Già, non t'avevo riconosciuto.... Non t'aspettavo proprio, capisci.... t'avevo tanto raccomandato di non venire.... di non fare questo viaggio così lungo.... per così poco....

- Puff! Lungo, questo viaggio?... in prima classe?... Tutto un sonno! non me ne son nemmeno accorto!

- Ma la spesa....

- Scioccherello! Non sai che tuo padre è diventato un capitalista?... Eppure nelle mie lettere ti devo aver accennato....

- Ma sì.... ma sì....

- E dunque?... Altro che spesa di viaggio, mio caro! Son venuto armato di buoni fogliettoni da mille.... e disposto a farli scivolare dove sarà il caso.... - soggiunse abbassando il tono della voce e strizzando l'occhio.

- Che cosa vuoi dire? - chiese con gran vivacità il giovane fissando il padre e facendosi scarlatto fin tra i capelli.

- Per quello Iddio! hai ragione! - mormorò il cavaliere - in questa razza di ambienti le mura hanno orecchie!... Ma che cos'hai?.... Perchè diventi così rosso?... Come?... «E la verg....»? Che diavolo dici? La vergogna? La vergogna di che?... Perchè ti mordi così forte le labbra?... Bah! io non ci capisco niente, parola d'onore! - E, così dicendo, si girò sul tacco e fece una passeggiatina per la camera.

- Che sole! Che clima! - disse affacciandosi alla finestra. - Una villetta in Riviera.... non sarebbe mica una cattiva idea! Eh! Eh! che ne dici?... Sei un po' pallido, ora. Troppo pallido, per quello Iddio! - esclamò ritornando verso il letto del figlio. - Che vuol dire? hai qualche doloretto, forse?... A proposito! non ti ho nemmeno chiesto quale sia precisamente la tua malattia. Nella tua lettera ti sei dimenticato di dirmelo....

- Oh! niente.... niente.... un po' di reumatismo.... - brontolò il giovane.

- Reumatismo! Ma bravo Ginetto! - sussurrò il cavaliere. - Malattia che si presta benissimo a un po' di gioco di bussolotti. Mi sono approfondito in materia. Siamo a cavallo, caro mio! Ti riporto a casa, quant'è vero ch'io son dritto qua!... Vedrai, Ginetto, che studiolo *chic* metteremo su; e ti porterò i miei affari che son meglio dei tuoi, e faremo quattrini a palate, e marcerai anche tu con stivaletti da trentotto lire come questi e vestiti da centocinquanta come questo.... Pensa che effettone! quando ritornerai tra le signorine del tuo *Tennis*. Son tutte in attesa d'un reduce: il primo che arriva, se lo mangiano! T'invidio un pochetto, sai: ma, come si fa? Sono o non sono il tuo vecchio papà?... Qua un bell'abbraccio!

- Non posso muovermi, bada! - si affrettò a gridare il giovane.

- Per quello Iddio! Anche le braccia reumatizzate? Vero reumatismo articolare diffuso!... Ma allora andiamo a gonfie vele! Non muoverti: ti darò io un bel bacione!... Dopo di che, smetteremo di dir sciocchezze e parleremo un po' di cose serie.

- Sarebbe ora, - disse secco il giovane.

- Come sarebbe a dire? - chiese il cavaliere increstandosi.

- Ma, che so io? - fece il giovane seccato: poi soggiunse inzuccherando un po' il tono: - Veramente, papà, non mi so proprio spiegare perchè mi siano uscite di bocca quelle parole.

- Non ti sai spiegare? - esclamò il cavaliere, come illuminato da un lampo di genio. - Ebbene, te lo spiego io. Tu sei affetto da *choc nervoso*. Lo avevo sospettato fin dal principio della nostra conversazione: ora ne ho la riprova inconfutabile. Vengano a negarmelo se possono. *Choc nervoso! Choc nervoso!* per quello Iddio! Faremo resultare anche questo, non aver paura, Ginetto mio! Metteremo in bella luce anche questo!... e vinceremo! vinceremo noi!...

Senza affatto considerare la strana figura che faceva fare a quella parola «vinceremo» usandola in quel senso e parlando a un soldato, il nostro ineffabile cavaliere inarcò le bionde sopracciglia, sbuffò e soggiunse:

- Eppure.... tutto questo magnifico edifizio può precipitare.... Sì, figlio mio. Questa è la cosa seria di cui ti volevo parlare. Próvati un po' a indovinare chi viaggiava nello stesso mio treno stanotte.... Io non so come diavolo sia venuto a sapere che tu....

- Il nonno! - gridò il giovine; e il grido parve uno scoppio.

- Oh! guarda, guarda! - osservò un po' turbato il cavaliere. - Come va questa faccenda? Lo sapevi?

- No!... l'ho detto così per dire.... perchè veramente questa notte mi son sognato che veniva a trovarmi....

- Bel sogno, per quello Iddio! Io all'età tua facevo dei sogni più divertenti! - gridò, senz'affatto ridere, il cavaliere; e poi riprese infuocandosi man mano: - Ma intanto il sogno è triste realtà; tra mezz'ora quello arriverà qui in tenuta di gala, metterà sossopra l'ospedale con quella sua voce di basso profondo, verrà qua al tuo letto per dimostrarti che non hai niente, che devi rialzarti e ritornare lassù come fece lui quando s'imbarcò a Quarto con le coliche; ti rovescerà addosso tutta la storia d'Italia, ti pungerà nell'onore.... si sa che quello, alla tua età, è sempre un punto debole.... e tu cascherai come un imbecille, e così il nostro bel piano di onesta felicità famigliare se n'andrà in fumo!... E non è il primo che ci manda all'aria, quello là, con i suoi principî inderogabili, con i suoi idealismi da racconti per l'infanzia! Ricórdati! non per nulla tu gli appioppasti il titolo di Catone il censore!... Dunque, in gamba, ragazzo mio: se ti preme di mettere la pelle al sicuro, la ricetta te la do io: non gli lasciar aprir bocca. Urla, piangi, accusa dolori strazianti, pronunzia parole senza senso comune.... Bisogna commuoverlo, bisogna fargli perdere la bussola, bisogna rimandarlo a casa persuaso che tu sei moribondo. Non c'è altra via di salvezza! E sta in te. Io, purtroppo, non ti posso aiutare di presenza. Sai che io.... lo rispetto.... lo venero, se vuoi.... ma è inutile! è sempre stata l'unica persona capace di farmi uscir dai gangheri!... Ora poi le nostre relazioni si sono ancora più tese in seguito a un certo suo rifiuto di presentarmi a un suo vecchio amico, compagno di garibaldinate, che aveva in mano un affare meraviglioso e cercava un socio onesto e capace.... Per quello Iddio! Era bene il caso di presentarmi! non ti pare? Dalla rabbia ero arrivato a offrirgli mille lire! Capisci? Mille lire per quattro parole un po' calde, con quella miseria che si ritrova.... Ebbene, niente! duro come un macigno. E l'affare l'ha fatto un altro, e ci ha guadagnato quindici mila lire!... un imbecille, tra parentesi, che è finito in prigione. Hai capito? Questi sono i suoi eroismi! Dopo avere dilapidato il patrimonio di casa e ridotto me a fare il misero impiegatuccio, adesso vuole anche impedirmi di approfittare del *momento fortunato che attraversiamo* per rifare un po' di quello che lui ha disfatto!! Insomma, - concluse il cavaliere al colmo del bollore, afferrando l'orologio. - Son le dieci, per quello Iddio! Il nemico è alle porte. Ritornerò oggi a sentire l'esito della battaglia. Siamo intesi! Pensa alla pelle! Pensa al papà col portafogli pieno! Pensa alle signorine del *Tennis*!... Addio!!

Ma non aveva ancora posato la mano rossa e fremente sulla maniglia dell'uscio, che il corridoio fu invaso da un rombo umano accompagnato da un frastuono di macchina.

- È lui! - gridò il cavaliere esterrefatto. - Quel cretino di portiere non me l'ha fermato un corno! Già, che cosa vuoi aspettarti da un uomo che non conosce il valore del denaro!... Ma adesso come faccio a scappare? Bada che io non voglio assolutamente vederlo, a costo di nascondermi sotto il letto, a costo di.... Quella porticina a muro dove mette? nella camera accanto? Mi rimanderanno indietro?

- No, no: non è una camera, è.... è....

- Ma è quello che ci vuole per me, allora! perchè non me l'hai detto subito, figlio mio?

E il profumatissimo cavaliere scomparve dietro il segreto usciolo nell'attimo stesso in cui l'altro uscio si spalancava sotto l'impeto del massiccio eroe garibaldino.

- Nonno! - gridò il ragazzo scintillando di gioia e cercando di alzarsi sul gomito destro.

- Figliolo mio caro! - tuonò il vecchio arrivando al letto con due soli tremendi colpi di stampelle. - È salva la gamba?

- Salva, nonno! - esclamò il ragazzo, - non si taglia più: in quaranta giorni guarisce!... La mano, invece, me l'han dovuta tagliare, vedi? È stato ieri a quest'ora: era troppo fracassata: non c'era rimedio.... Ma, non aver paura, ci ritorno lo stesso alle mie trincee, sai!... Ho già steso la domanda.... me lo devono accordare.... è la sinistra....

Il vecchio aveva fatto un passo indietro come per godersi intero lo spettacolo di quella creatura fatta a imagine sua, come provasse finalmente, per la prima volta, la gioia d'avere un figlio.

Parve che dalla sua bocca convulsa volesse uscire un torrente di parole.

Ma ne ruggì due sole:

- Viva l'Italia!

E afferrata con feroce tenerezza la testa del ragazzo, scoppiò in un pianto dirotto.

E il cavaliere Allegoria?

Sta bene dov'è.